Une pour toutes

Jean-Laurent Del Socorro

Une pour toutes

M+

l'école des loisirs

11, rue de Sèvres, Paris 6e

Loi n° 49.956 du 16 juillet 1949 sur les publications destinées à la jeunesse : janvier 2022
Dépôt légal : janvier 2022
Imprimé en France

ISBN 978-2-211-31756-6

À Florence, la femme de ma vie.

Méphistophélès

Parmi vous, de grâce,
Permettez-moi de prendre place !
Que votre ami d'abord achève sa chanson !
Moi, je vous en promets plusieurs de ma façon.

Wagner

Une seule suffit, pourvu qu'elle soit bonne !

Méphistophélès

Je ferai de mon mieux pour n'ennuyer personne !

Gounod, *Faust*, acte II, scène 3

ACTE I

Le Diable amoureux

Versailles, janvier 1688

MÉPHISTOPHÉLÈS

Grand pardon, madame, de vous importuner,
Et de marcher ainsi dans vos pas empressés,
Mais je suis certain d'avoir vu votre tête.

JULIE

Eh bien maintenant, voilà, la chose est faite.
Adieu.

MÉPHISTOPHÉLÈS

Attendez ! Savez-vous qui je suis ?

JULIE

À part un effronté, non, pas du tout.

MÉPHISTOPHÉLÈS

Mais si !
Vous connaissez mon œuvre et comment je me nomme.

JULIE

Sûr de vous et collant : vous avez tout d'un homme.

Méphistophélès

Pas d'affront, je vous prie ! Vous avez devant l'œil
Le Diable en personne !

Julie

Et j'oubliais l'orgueil.
Je vous voyais plus grand et, surtout, plus cornu.

Méphistophélès

Quand je viens ici, je me fais inconnu.
Méphisto est mon nom, seigneur de tous les vices.

Julie

Le mien est Julie, à votre dé-service.
J'ai déjà trop tardé et je dois vous quitter.

Méphistophélès

Il faut plus qu'un refus pour me voir renoncer.

Shling !

Julie

Et une demi-toise d'acier tolédan,
Serait-ce suffisant ?

Méphistophélès

Oh, oui, assurément !
Attention, cependant : mon manteau est de prix.
Les femmes portent épée, maintenant, à Paris ?

JULIE

C'est pour se prémunir des goujats et démons
Auxquels il manque encore toute une éducation.
Car enfin, « non », c'est « non » ! Méphisto, en enfer,
N'apprend-on pas non plus le bon vocabulaire ?
C'est ici, cher monsieur, que nos chemins se brisent.

MÉPHISTOPHÉLÈS

Sans un baiser d'adieu ?

JULIE

Je ne fais pas la bise.
Me voilà arrivée, la discussion est close,
Car si je prends souvent le bon côté des choses,
Vous, vous êtes toujours du mauvais de la lame.

MÉPHISTOPHÉLÈS

Du fer et de l'esprit ; je suis sous le charme.
Je m'en vais aussitôt.

JULIE

Adieu, Méphisto.

MÉPHISTOPHÉLÈS

Au revoir seulement : nous nous verrons bientôt…

Scène 1

Versailles, janvier 1688

Le Diable disparaît enfin entre deux calèches, avalé par la foule qui déambule devant le château de Versailles. Je tourne le dos au palais de Louis XIV et prends quelques instants pour admirer les imposants bâtiments qui lui font face. J'ai beau y être née, les Écuries royales me fascinent toujours autant. Je les ai les vues émerger peu à peu de terre, grandissant en même temps qu'elles.

Sur ma gauche, les chevaux de guerre sont déjà à l'entraînement dans la Grande Écurie. Les superbes montures, sorties tout droit du haras royal, tournent autour du manège placé au centre de la cour en demi-cercle. Quand les lieux ne servent pas aux exercices, on y donne des spectacles équestres, mais également du théâtre, parfois par la troupe de Monsieur Molière en personne.

Sur ma droite, la Petite Écurie est d'une taille similaire, mais ne dispose que d'une rotonde à ciel ouvert. Cette écurie-là n'est petite que de renommée, car elle s'occupe davantage de la poste et moins de la guerre, comme sa voisine. Elle abrite les carrosses, les calèches et les voitures ordinaires du roi, ainsi que ses chaises à porteurs.

Les deux bâtiments grouillent de pages, de valets, de selliers, de palefreniers, de postillons et autres cochers. Soudain, j'aperçois le maître des lieux lui-même qui s'en vient : Louis de Lorraine, comte d'Armagnac. Le Grand Écuyer de France – surnommé « Monsieur le Grand », bien que sa taille n'ait rien de remarquable – apparaît rarement ici, préférant de Versailles son château à ses écuries, dont il a pourtant la charge. Monsieur le Grand supervise les entraînements, sa main gantée imprégnée de parfum jouant distraitement avec le gland d'un des cordons de sa brassière.

Le comte n'est pas un mauvais homme, au contraire. Il emploie mon père, Gaston d'Aubigny, comme secrétaire. Je le croise assez souvent pour le savoir juste et courtois. C'est simplement que nous sommes d'un milieu différent, lui et moi. Nous vivons peut-être au même endroit, mais certainement pas dans le même monde.

Aujourd'hui, je fête mes dix-huit ans. Un nouvel âge qui annonce la fin de mon insouciance. Pourquoi nous faut-il donc quitter l'enfance ?

Je franchis les grilles de la Petite Écurie. Un valet vient aussitôt à ma rencontre.

– Mademoiselle d'Aubigny, quel plaisir de vous revoir. Vous êtes attendue.

– Et en retard, je sais. J'espère que mon rendez-vous n'en prend pas trop ombrage ?

– Pas trop, mais un peu tout de même.

– Alors, ne le faisons pas patienter plus longtemps.

Le valet m'ouvre la route vers le bâtiment au fond de la cour. Être la fille du secrétaire des lieux m'offre bien des avantages, comme celui de suivre les enseignements de l'école des pages. J'apprends ainsi la danse, le chant, les langues, la voltige, l'équitation, le dessin et, bien entendu, l'escrime. C'est à ce dernier cours précisément que je me rends.

André Vernesson, sieur de Liancourt, est le maître d'armes de la Petite. Il nous y dispense des leçons, en plus de celles qu'il donne dans son école parisienne.

J'arrive à l'entrée d'un bâtiment où des cliquetis de lames se font entendre. Je m'avance dans la pièce haute de plafond, que les lustres éteints finissent d'embellir. Le lieu est éclairé par de larges fenêtres qui laissent pénétrer la lumière. Le parquet, impeccablement ciré, est martelé par les talons de la dizaine d'escrimeurs qui s'exercent par deux.

Le sieur de Liancourt observe avec attention les pages au centre de la salle. Il ne ressemble ici en rien à son portrait gravé au burin par Jean Langlois quelques années plus tôt, où il pose souriant et emperruqué dans son armure d'apparat. Il a délaissé son habit de cour pour une tenue plus appropriée à l'enseignement.

Il m'aperçoit du coin des yeux, feint de m'ignorer. Je m'approche de lui sans tarder davantage.

– Bonjour, maître. Excusez mon retard.

Il répond sans me regarder.

– Bonjour, mademoiselle d'Aubigny. Je vous pardonne si c'est un duel qui en est à l'origine.

– À moitié : je suis la seule à avoir sorti l'épée.

Il se tourne enfin vers moi.

– Alors, ce ne sera qu'un demi-pardon. Pour l'autre moitié, allez donc vous changer. Nous ferons l'échauffement ensemble.

Je le remercie avant de me retirer dans la petite salle attenante, prévue à mon intention. Les cours d'escrime sont normalement réservés aux pages, et les femmes n'y sont pas admises. Je jouis de ce privilège uniquement parce que mon père est le secrétaire du maître des lieux.

Je me débarrasse de mon manteau traînant, puis je dénoue mon corsage pour enlever ma robe à volants. J'enfile collants et rhingrave, puis une ample chemise de lin que je recouvre d'une veste bleue qui m'arrive à mi-cuisse et que je laisse déboutonnée. Je complète ma tenue d'une paire de gants et de bottines, toutes les deux en cuir noir et souple. Je défais enfin ma coiffure à la Fontanges – certes à la mode – pour lui préférer une plus pratique queue-de-cheval. Me voilà prête, accoutrée « comme un homme ». Une expression malvenue, puisque je suis la preuve vivante que la gent féminine n'est pas moins apte à porter de tels habits, ni moins bonne à croiser le fer.

Je reviens dans la salle. Je m'apprête à saisir sur le râtelier une *spada da gioco*, une arme d'entraînement non affûtée au bout arrondi, quand la voix de mon instructeur se fait entendre derrière moi.

– Prenez plutôt une *spada da filo*, je vous prie, mademoiselle d'Aubigny.

Une épée tranchante. Plus qu'un échauffement, ce sera donc une leçon véritable – sans doute pour m'apprendre la ponctualité. J'obéis et viens me placer face à Liancourt.

– Voyons voir si vous avez révisé Meyer, mademoiselle. À l'allemande. En garde !

Le voilà en *fou*, pied gauche en avant, la pointe de son épée tendue au-dessus en direction du sol. Liancourt annonce ainsi le climat de cet assaut : désobligeant à mon égard, car cette garde est celle que l'on adopte face à un débutant. Il sous-entend ainsi qu'il n'a rien à craindre de moi.

Je me mets pour ma part en *charrue*, la main au niveau de la cuisse, la jambe droite en avant, la pointe relevée et le pouce sur le plat de la lame. Liancourt me dévisage, immobile.

– Êtes-vous prête ? Allez !

Je tente aussitôt un coup de dessus, de la droite vers la gauche. Liancourt fait un double pas en arrière pour se mettre hors de portée. Mon attaque est trop courte. Je recule à mon tour, mais pas assez vite. Il se penche en avant pour frapper par le haut, bras tendu, abattant ma lame vers le sol tout en avançant d'un grand pas pour faire glisser la sienne jusque sous ma gorge.

– Halte ! Encore une fois.

Liancourt se met cette fois en *garde du toit*, arme levée au-dessus de la tête. Le climat vient de changer : il va bientôt pleuvoir des *frappes de colère*.

– Allez !

Je fais légèrement glisser mon pied gauche pour provoquer Liancourt. Il amorce immédiatement sa frappe en abaissant avec violence son bras tendu, comme je m'y attendais. J'avance et fais pivoter le tranchant de ma lame vers la gauche pour parer, puis presse mon avantage. J'enroule sa *spada da filo* tout en avançant genou plié pour la repousser loin de moi.

Je laisse cependant une ouverture à mon maître qui en

profite pour y engouffrer sa lame. Je bloque son coup avant d'enchaîner une riposte vers son visage, bras tendu. Il me dégage vers le haut avec le court tranchant de son arme.

Liancourt vise alors mon épée avec une frappe au milieu afin d'ouvrir une brèche dans ma défense. Je le bloque, puis fais un pas de côté pour amorcer un contre. Je me fends vers son ventre, mais il dégage en *lame pendante*, en ramenant son pied droit jusqu'à son gauche en arrière tout en levant simultanément son arme vers le haut.

– Halte ! Voilà qui est mieux, mademoiselle d'Aubigny.

– Merci, maître.

– Vous réviserez cependant le *Discours détaillé sur l'art de l'escrime*, de Meyer. L'ouvrage date peut-être, mais il est toujours riche d'enseignements.

Liancourt se tourne alors vers les pages, qui ont également fini de s'échauffer. Il attribue à chacun un nouvel adversaire. Je patiente pendant qu'il donne ses consignes. Il revient finalement vers moi.

– Vous êtes aujourd'hui en nombre impair, aussi, il ne reste plus de place en duel pour vous.

J'affiche un calme que je ne ressens pas. Voilà encore une façon de plus de me faire payer mon retard.

– Mais vous avez de la chance, mademoiselle d'Aubigny. Un homme s'est présenté à moi avant le cours, pour me demander s'il pouvait prendre une leçon avec un de mes élèves. J'ai évalué son escrime. Elle est plus que satisfaisante. Vous pourrez donc croiser le fer ensemble.

Il envoie son assistant chercher le gentilhomme en question. Je suis intriguée par mon mystérieux adversaire.

– Quel est son nom, maître ?

– Vous pouvez lui demander directement : le voilà qui arrive.

Scène 2

Je me retourne et découvre, ébahie, Méphisto qui s'avance vers nous d'un pas conquérant, dans une tenue d'escrime aussi noire que sa moustache.

– Vous ? Mais comment diable avez-vous pu…

– *Diable*, c'est le bon mot. Mon rebonjour, mademoiselle d'Aubigny.

– Je vous le rends bien volontiers, Méphisto.

Liancourt nous dévisage, intrigué.

– Vous vous connaissez ? Voilà qui simplifie les choses. Je vous laisse donc.

Mon maître d'armes s'éloigne. Méphisto soupèse plusieurs épées avant d'en choisir une, puis revient vers moi, un large sourire aux lèvres.

– Ne faites pas cette tête, Julie. Je vous avais pourtant prévenue que nous n'allions pas tarder à nous revoir.

Je me place face à Méphisto.

– Vous pourrez vous vanter de m'avoir surprise.

– Oh ! un moindre tour, Julie. J'en ai bien d'autres que je saurai vous montrer.

– Tout de suite, ce sont vos talents d'escrimeur qui m'intéressent. Mais avant cela, qu'est-ce qui me vaut tant d'acharnement de votre part ?

Méphisto prend une mine désespérée en mettant sa main gauche sur son cœur.

– C'est que je suis amoureux, voyez-vous.

– Être désirée par Lucifer en personne ! Je suis inquiète autant que flattée. Et si je refuse – une fois de plus ?

– Vous auriez tort. Cédez-moi votre âme, Julie, et je céderai à vos caprices.

– Je savais bien que vous me cachiez des choses, Méphisto. Qu'est-ce que je gagne à signer un tel contrat ?

– Mais tout, enfin ! Je vous offre le monde et ses trésors… contre une simple griffe.

– Laissez-moi deviner : je la ferai de mon sang ?

Le Diable hausse les épaules.

– Ne m'en veuillez pas, Julie, de me plier aux traditions.

– Et moi, Méphisto, de vous opposer un nouveau refus. Ni baiser ni contrat : point de mariage entre nous.

– Soit, mais la vie est longue et courte à la fois. Nous aurons l'occasion d'en reparler.

– Une autre fois, car le temps est à présent au duel.

J'abandonne Meyer et sa *spada da filo* pour prendre une rapière et passer à l'escrime française, qui a assurément ma préférence. Je me mets en tierce, pied gauche en avant. Méphisto, lui, place sa jambe droite tendue en avant, la gauche en arrière sur la pointe du pied, la main gauche à sa taille et son épée main droite pointée vers le sol derrière lui. Je laisse échapper un soupir.

– *Coda lunga e distesa.* Garde queue longue étendue. Pourquoi ne suis-je pas surprise que vous pratiquiez à la bolonaise ?

– Parce que cette escrime, pleine de *sprezzatura*, est comme moi : élégante et désinvolte.

– Je pensais plutôt à arrogante et fanfaronne. Allons, il est temps.

J'espère, mon mouton, que vous aurez assez
Et de souffle et d'haleine : nous allons tricoter !

J'avance en passant en *porta di ferro stretta.* Mon adversaire m'imite et sa rapière vient rencontrer la mienne.

Nos lames se frottent et nos épées s'enlacent,
Un pas de plus encore et nos corps s'embrassent.

Je me fends, il me bloque en septime, mais je dégage sa parade par-dessus sa main.

Libre à vous, joli cœur, de rêver de ma bouche
Moi je joue, je me bats et remporte la touche.

Nous reculons pour recommencer un assaut. Je me remets en garde ordinaire. Méphisto, pied gauche devant, monte son bras droit tendu au-dessus de sa tête, sa lame pointée vers moi. *Guardia d'Alicorno.* Méphisto lâche un murmure, appuyé d'un clin d'œil.

Ici vous l'appelez garde de la licorne,
En enfer on la nomme la garde de la corne…

Je m'élance la première. Je passe en garde haute pour engager sa rapière en tierce, puis plonge ma pointe vers son torse.

Qu'il soit cornu ou non, quel que soit l'animal,
Je me fends prestement et bientôt je l'empale.

Je crois le toucher quand Méphisto utilise sa main gauche gantée pour écarter le faible de ma lame. La sienne se dégage et riposte avec une *imbrocata*, un estoc qui vient du dessus et qui vise ma poitrine.

Et touchée en plein cœur, cette fois pour de bon.
Vous pouvez, maintenant, m'appeler Cupidon.

Je recule, furieuse.

J'ignorais que l'amour était si insistant,
Ni que vous seriez à ce point fatigant.

Nous prenons place pour la troisième reprise. Je me mets cette fois en *porte de fer*, penchée en avant, la main droite au-dessus du genou plié, le bras légèrement tendu en quarte et la main gauche sur la hanche. Méphisto adopte alors une *garde en clef*, une posture totalement inadaptée à son arme – surtout quand on n'a pas une targe à la main gauche pour se défendre –, mais qu'il utilise pour fanfaronner une fois encore. Sa main gauche agrippe le pommeau de son épée. Il recule ensuite son pied droit tout en levant et en croisant les bras devant sa poitrine, de telle sorte que sa lame repose le long de son bras gauche.

Si vous m'opposez là une porte de fer,
Il me faut une clef pour pouvoir la défaire.

Je lève les yeux au ciel, car si Méphisto est un poète, il est définitivement plus un Rabelais qu'un Ronsard. Le démon – *le mot est le bon*, dirait-il – en profite pour frapper le premier. Il déroule sa clef en *roverso* que je bloque aisément.

Avant de procéder à la moindre ouverture,
Faut-il encore pouvoir atteindre la serrure !

Je presse ma main gauche sur le fort de sa lame pour la rabattre, puis ferme la ligne basse tandis que je lui porte une botte de quarte forcée au flanc. Méphisto est vexé.

Le point que vous marquez est digne d'un tricheur,
Et j'en sais quelque chose : je suis mauvais joueur.

Faisant fi de toutes les règles, Méphisto poursuit alors notre assaut. Il dégage sa rapière par-dessus et attaque en tierce. Je pivote sur moi-même en demi-volte pour éviter sa lame et glisser la mienne sous son menton.

Et cette touche-ci, qu'en dites-vous, monsieur ?
Est-ce pour vous un point acceptable à vos yeux ?

Méphisto redouble de rage, pour mon plus grand plaisir. Nous rompons finalement le combat. Je m'aperçois soudain que Liancourt nous observe. Depuis combien de temps ? Je l'ignore, tout occupée que j'étais à livrer mes quartes et mes alexandrins. Le voilà qui s'approche de nous, un presque sourire aux lèvres.

– Beaux échanges – et belles rimes. Votre escrime, monsieur, est tout à fait honnête. Elle le serait davantage si vous y mettiez moins de cœur et plus de tête. Votre impulsivité joue assurément en votre défaveur.

– Vous avez raison – et n'êtes pas le premier à me dire que mon orgueil causera ma perte.

– Quant à vous, mademoiselle d'Aubigny, mes compliments. Vous maîtrisez ma *flanconade* à la perfection.

– Merci, maître.

Méphisto hausse un sourcil.

– *Flanconade* ? Qu'est-ce donc ?

Je me fais un plaisir de lui en livrer les détails.

– La botte en quarte forcée qui vous a tant énervé. C'est notre maître d'armes, ici présent, qui l'a lui-même imaginée.

– Quelle belle invention, monsieur Liancourt ! Vous faites honneur à l'escrime tout entière.

– Grand merci. J'espère que le cours vous aura plu.

– Absolument. Si vous le permettez, maître, j'aimerais revenir une prochaine fois.

– Je n'y vois pas d'objections, mais nous en reparlerons

à un autre moment. Il me faut aller corriger mes derniers élèves.

Je suis à nouveau en tête à tête avec Méphisto, qui a retrouvé son air jovial.

– Merci encore pour la leçon, Julie. Si vous remportez cette manche, vous me devez une revanche.

– À votre service, Méphisto.

Il me tend sa main.

– À défaut d'être amants, soyons amis, voulez-vous ?

Je le dévisage quelques instants avant d'accepter la poignée qu'il m'offre.

– Si on m'avait dit qu'un jour je serrerais la main du Diable…

– Oh ! Certains le tirent bien par la queue.

– N'y comptez pas, Méphisto.

Scène 3

Je renonce à me changer, définitivement plus à l'aise dans ma tenue de bretteuse que dans celle de dame de la cour. Méphisto m'accompagne à la sortie de la salle d'armes.

– Je vais remercier Liancourt. Et vous, Julie, qu'avez-vous en tête pour la suite de la journée ?

Je pousse un soupir, résignée.

– Si je vous disais que m'attend une entrevue encore plus désagréable que la vôtre, le croiriez-vous ?

Le sourire de Méphisto s'élargit un peu plus.

– Vous m'intrigueriez. J'en demanderais aussitôt les détails, car j'ignorais qu'il puisse exister un autre diable que moi sur Paris.

– Oh non, ce n'est pas un démon, au contraire. Je dois trouver mon père qui a tout d'un ange. Il veut me voir, car c'est aujourd'hui mon anniversaire.

– La belle nouvelle ! C'est généralement un jour plus propice aux cadeaux qu'aux ennuis !

– Pas quand vous êtes une femme et que vous fêtez vos dix-huit ans, Méphisto.

– Aïe ! Je devine sans mal de quoi il va être question.

– Cela tient en un mot : mariage.

– Allons, Julie, courage ! Mes prières sont avec vous.

Je tourne brusquement la tête vers lui, estomaquée.

– Vous priez ? Vous ?

– Non, nullement. Je disais simplement ça pour mieux m'intégrer à la société humaine. Mais vous ferez face à ce qui vous attend. Vous venez de me prouver à l'instant que vous savez vous battre.

– Une rapière à la main, peut-être. Je crois malheureusement que, cette fois, même une porte de fer n'y suffira pas.

– Bonne chance, Julie. Et si vous voulez un compagnon avec qui parler après cela, je ne serai pas loin.

– Merci, Méphisto.

J'abandonne le Diable et j'entame la traversée de la cour. Pour trouver mon père, il me faut changer d'écurie, car son bureau est dans la Grande. Les cochers, habitués à me voir accoutrée ainsi, me saluent ; quelques-uns vont même jusqu'à me souhaiter un bon anniversaire. Je les en remercie et leur rends leur bonjour.

Quand je franchis la grille, les promeneurs en belles tenues que je croise me confondent alors avec un homme. Les femmes détaillent mes charmes. Il est vrai que je n'ai rien de déplaisant : plus grande que la moyenne, des yeux bleus et un nez aquilin, des traits ronds et des cheveux châtains, ainsi qu'une taille élancée et sculptée par mes années d'escrime.

Certaines courtisanes vont même jusqu'à me sourire, provoquant le déplaisir des gentilshommes qui marchent à leurs côtés. Ces derniers me lancent aussitôt un regard assassin, mais se retiennent quand ils aperçoivent la rapière à ma ceinture. Alors, à défaut de courage, ils allongent le pas pour éloigner leurs dames et préserver leur propre dignité. Je me fais une joie taquine de saluer celles que j'ai déridées – et que je trouve, je dois bien l'avouer, fort charmantes moi aussi.

Me voilà à l'entrée de la Grande Écurie. Le comte d'Armagnac n'y est plus. Sans doute a-t-il traversé la place jusqu'au château pour y échanger les potins de la cour avec les nobles qui déambulent dans ses couloirs. Seuls restent quelques palefreniers qui finissent de rentrer les animaux après leurs exercices.

Je m'approche d'un des chevaux pour en flatter le chanfrein. Il me dévisage d'un air triste.

– Nous nous comprenons, toi et moi, n'est-ce pas ? Car, enfin, nous sommes tous deux les propriétés d'un maître. Le tien s'appelle cavalier ; le mien est l'homme dont je dépends : aujourd'hui mon père, et demain mon mari.

Je ferme les yeux et plaque mon front contre lui. Si j'osais, j'arracherais les rênes à celui qui les tient, puis j'enfourcherais l'étalon. Nous galoperions ensemble, loin de Versailles, loin de Paris, loin de tout, sans rien peut-être, mais tout à fait libres.

Le rêve passe. Je m'écarte, et l'écuyer ramène la bête à son étable. Le cheval a retrouvé sa place, et moi je regagne la mienne. Je me dirige vers le bâtiment latéral pour en grimper les deux étages jusqu'au bureau de mon père. À peine ai-je frappé que sa voix grave se fait entendre.

– Entrez !

Me voilà à l'intérieur du sanctuaire paternel. Si la pièce n'est pas aussi somptueuse que celles du château, elle n'en reste pas moins luxueuse. Parquet en losange, moulures dorées du plafond peint. Un large tapis, sorti tout droit de la manufacture des Gobelins, trône au centre de la salle. Mon père occupe un des trois fauteuils en noyer recouverts de velours de soie gaufrée. Ils entourent un magnifique bureau en marqueterie de cuivre et d'étain sur fond d'écaille rouge à volutes et rinceaux feuillagés. Ce meuble remplace l'ancien en acajou blanc moucheté, qui est désormais placé en retrait contre le mur.

J'observe mon père pendant qu'il finit de rédiger ses notes. Il a trois fois mon âge, mais sa barbe grisonnante le fait paraître plus vieux. Ma mère est morte peu après ma naissance. Mon père m'a élevée seul. Même s'il a toujours fait montre de bienveillance envers moi, quelque chose nous éloigne irrémédiablement l'un de l'autre. Il est lié aux règles de ce monde dont je veux m'affranchir.

Il relève les yeux de son carnet.

– Julie ! Te voilà enfin.

Un sourire quand il se met debout, puis une moue quand il me voit en bretteuse, puis finalement un nouveau sourire quand il pose ses mains sur mes épaules.

– Bon anniversaire, ma fille !

– Merci, père. J'ai gagné un an, mais toi, un cadeau semble-t-il.

Je désigne du menton le bureau neuf.

– Oh, ça ! Un généreux présent du comte d'Armagnac pour me remercier de mon travail. Il est magnifique, n'est-ce pas ?

Je m'avance pour l'examiner, puis poursuis jusque dans l'angle de la pièce pour poser la main sur l'ancien.

– Il est superbe, mais j'étais attachée au précédent.

Un souvenir est relié à chaque objet de cette salle. Je ne suis pas encore prête à les voir disparaître.

– Il faut parfois savoir changer, Julie, surtout pour le mieux. Mais asseyons-nous, veux-tu ?

Nous prenons place dans les fauteuils de part et d'autre du nouveau bureau. Mon père allonge ses bras sur les accoudoirs. Je me contente d'y caler mes coudes. Puis je colle l'extrémité de chacun de mes doigts à son jumeau. J'appelle cette pose la *garde de cour*, qui, à défaut de parer les lames, m'aide à composer une attitude flegmatique.

– Julie, depuis la mort de ta mère, j'ai toujours fait du mieux que je pouvais pour que tu te sentes heureuse.

– Je vous en remercierai éternellement, père.

– Tu as dix-huit, Julie. Tu es en âge de te marier.

Je me remémore un instant les anciennes amies avec qui j'ai grandi, et qui vivent maintenant avec des hommes qui ont le double de leur âge – parfois le triple !

– Tu as reçu la meilleure éducation. J'ai une situation. Ta dot sera conséquente. Nous n'aurons donc pas de mal à te trouver un bon parti.

Il se tait, attendant que j'acquiesce comme une fille se doit de le faire. Je prends une profonde inspiration.

– Et si je ne le souhaitais pas ? Si je désirais simplement rester seule ?

Mon père affiche un nouveau sourire rempli de cette condescendance que j'ai trop de fois vue plisser le visage des hommes.

– Julie, une femme n'arrivera jamais à rien par elle-même.

Mon cœur se serre. Non, pas vous, père. Le monde entier, mais pas vous. Je sais que vous m'aimez de tout votre cœur, et pourtant vous cédez sans un mot à ce que les conventions vous imposent. Sans en douter, sans même les questionner un instant. Vous voilà obéissant et soumis comme vous souhaitez que je le devienne.

Mon père prend mon silence pour un assentiment et poursuit :

– Il se trouve, justement, qu'une opportunité s'offre à toi. Le comte d'Armagnac désire te voir.

Ma garde de cour tombe en même temps que ma mâchoire.

– Le Grand Écuyer me demande ma main ?

– Je ne sais pas exactement, car il veut en parler seul à seul avec toi, mais la question de ton mariage sera effectivement abordée. Si jamais c'était le cas, ce serait un honneur qu'il nous ferait.

Qu'il *vous* ferait, père. Je ne vois pas quels sont les privilèges pour moi, si ce n'est de me soumettre. Ce n'est pas vous, non plus, qui partagerez la vie et la couche d'un homme qui a le triple de votre âge. Est-ce pour cela que le comte vous a offert ce rutilant bureau ? Pour mieux l'échanger contre votre fille ? Dans d'autres circonstances, je le prendrais presque pour un compliment. Il paraît que, dans les Cévennes, on troque parfois les femmes contre trois ânes.

Les traits de mon père se font soudain soucieux.

– Eh bien, Julie, tu ne dis rien ?

Un *merci* bien poli veut spontanément sortir de ma bouche, poussé par toute cette éducation de jeune fille que l'on m'a inculquée. Je l'avale en même temps que mes regrets amers.

– Pardonnez mon silence. C'est l'émotion provoquée par vos révélations inattendues qui en est la cause. Le comte est décidément trop bon. Où est-il pour que j'aille le remercier de sa sollicitude ?

Le soulagement de mon père est immédiat.

– Il est dans ses appartements en ce moment même. Il m'a précisé que tu pouvais passer dans son bureau à tout moment dans l'après-midi.

– Alors, je m'y rends de ce pas.

L'inquiétude gagne à nouveau mon père.

– Sans même te changer ? Une telle visite mérite ta plus belle robe.

– Monsieur le Comte me connaît bien. Il ne prendra nullement ombrage que je sois habillée comme l'un de ses pages.

– Si tu le dis, ma fille. Mais laisse-moi au moins le prévenir de ta venue.

– N'en faites rien, vous gâcheriez la surprise que je veux lui faire. Faites-moi confiance, père : le comte n'est pas près de l'oublier.

Scène 4

– Non, c'est non!

Schling!

Pour la seconde fois de la journée, je dégaine ma rapière pour la placer sous le menton de l'homme qui me fait face. Après Méphisto, c'est cette fois le comte d'Armagnac qui s'est montré trop pressant.

– N'insistez pas davantage, monsieur: je ne serai pas votre maîtresse!

Si Monsieur le Grand voulait me voir, c'était moins pour me proposer la noce que pour ce qui la suit, et m'inviter dans son lit. Il est hors de question que je couche avec une personne de presque soixante ans – trois fois mon âge! – et que je n'ai pas choisie.

Louis de Lorraine a tout du parfait courtisan. Son pourpoint jaune exhibe une luxueuse chemise blanche à jabot, par-dessus laquelle est passé un baudrier garni de franges et de galons rouges, qui soutient une épée d'apparat. Il porte une rhingrave bouffante ainsi que des bas de soie retenus par des jarretières et terminés par des souliers à hauts talons. Enfin, il a posé sur sa perruque un chapeau en feutre piqué de plumes et de rubans.

Enfoncé dans un confortable fauteuil, le comte observe,

un peu perplexe, mais surtout très prudent, la lame qui s'agite devant son nez poudré.

– Julie, point trop d'emportement. Mes excuses si je vous ai froissée. Je vous proposais seulement toute ma sympathie.

– J'ai sans doute mal entendu, mon oreille ayant confondu « amant » et « ami ». S'il ne s'agit que de cela, nous pouvons causer, monsieur.

– J'en suis ravi. Alors, Julie, si vous vouliez bien vous rasseoir à présent, et ranger cette épée que je devine fort pointue à la voir d'aussi près.

– Bien évidemment. Ah, et c'est *mademoiselle d'Aubigny*, et non *Julie*, je vous prie. Je laisse l'usage exclusif de mon prénom à ma famille.

Je reprends place au bord du fauteuil couvert de soie et plus large encore que celui de mon père. Mon vis-à-vis se détend. Il attrape la carafe en cristal posée sur la table basse entre nous pour se servir un grand verre d'eau. Il le boit d'un trait avant de reprendre notre échange.

– Vous savez que je vous apprécie. Aussi, en plus de vous souhaiter un bel anniversaire, je voulais vous offrir ma protection, mademoiselle d'Aubigny.

– Je vous en remercie. J'ai cependant une question, Monsieur le Comte : me protéger de quoi ?

– Eh bien, de la vie, des malandrins, des goujats qui n'ont pas le respect que je vous dois, de tout, enfin !

– Sans vouloir vous offenser, monsieur, qu'est-ce qui vous laisse accroire que j'en ai besoin ? J'ai pu vous montrer, pas plus tard qu'à l'instant, que je savais fort bien me défendre par moi-même.

– Il est vrai, mais vous restez malgré tout…

– Malgré tout ?

– Une femme.

Si certains jours de l'année sont à thème, celui de mon anniversaire n'est définitivement pas celui du tact. J'ai heureusement la présence d'esprit de me mettre en *garde de cour* plutôt que de sortir, à nouveau, ma rapière du fourreau.

– Merci encore une fois pour votre proposition généreuse, Monsieur le Comte. Je préfère cependant la décliner jusqu'au moment où j'en aurai véritablement besoin.

– Ce sera toujours avec plaisir, mademoiselle d'Aubigny. Mais passons maintenant au cadeau que je souhaite vous offrir pour vos dix-huit ans.

Je plisse les yeux, soudain en alerte comme après avoir paré trop aisément un coup, alors que je soupçonne mon adversaire d'en préparer un second.

– Qu'est-ce à dire ?

– Votre mari.

Cette fente-là me prend par surprise.

– Mon… mari ?

– Je ne pouvais faire rien de moins que de trouver moi-même un parti honorable pour la fille de mon dévoué secrétaire. Je ne doute pas que votre père sera satisfait de mon choix.

– Et moi, si je puis me permettre ? Me conviendra-t-il également ?

– Oh, sans aucun doute. On me l'a décrit aussi gentil que bien habillé.

Mon étonnement devient ébahissement.

– Parce que vous ne l'avez jamais vu ?

– J'ai confiance dans les personnes qui me conseillent. Monsieur Maupin sera parfait pour vous, vous pouvez me croire.

– Et si, comme de votre aide généreuse, je n'en voulais point, monsieur ?

Le visage du comte se fait plus sévère. Il enchaîne les assauts.

– Si vous n'en voulez pas ? Du mari que je vous ai personnellement choisi ? Je le prendrai comme un affront, mademoiselle d'Aubigny.

– Je ne désirais pas…

– Vous ne comptez pas déshonorer votre père ?

– Nullement…

– Ni passer pour une fille sans vertu ?

– Assurément, non…

– C'est donc bien un mari qu'il vous faut.

La tête me tourne. Je plonge à mon tour les lèvres dans un verre d'eau pour éclaircir mes idées. J'anticipais bien des attaques, mais pas celle-ci. Il me trouve un époux comme il me commande une nouvelle robe – et sans me consulter ni pour le fil ni pour le tissu, alors que c'est moi seule qui la porterai.

– Tout ceci est si inattendu, Monsieur le Comte…

Souriant à nouveau, il place finalement sa botte.

– Tout est déjà arrêté, jusqu'à la date de vos épousailles, que je prendrai à mes frais et qui se feront ici même. Peu de dames de la cour peuvent se vanter de s'être mariées au château de Versailles – fût-ce dans ses écuries. Alors, qu'en pensez-vous, mademoiselle d'Aubigny ?

– Grand merci pour tant de générosité, Monsieur le Comte. Quant au mariage, je ne vois rien d'autre à dire, si ce n'est…

– Oui ? Vous lui avez dit oui ?

Méphisto éclate de rire, si bruyamment que les cochers qui manœuvrent les carrosses en contrebas lèvent la tête vers nous. Nous sommes assis côte à côte, pieds dans le vide, sur les toits du corps principal de la Petite Écurie. La vue que nous avons ici du château de Versailles est sans équivalent. D'habitude, j'adore m'abandonner à sa contemplation, mais en cet instant, je ne fais que décharger ma rancœur contre moi-même.

– Pourquoi n'apprend-on jamais aux femmes à dire non ? Attaquez-moi en tierce et je parerai, mais lancez-moi un mari et je ne saurai pas l'esquiver.

– À trop passer de temps aux jeux d'épée dans les salles d'armes du palais, vous avez délaissé ceux de mots de ses salons. Croyez-moi, Julie, les courtisans et les courtisanes se seraient aisément sortis de pareille situation. Et, surtout, auraient répliqué autre chose qu'un pâle « oui ».

– Excusez-moi de n'être qu'une bretteuse. Me voilà à présent à attendre un mari que je n'ai ni désiré ni choisi.

– Je peux encore vous aider…

– Pour cela, il faudra bien sûr que je signe un de vos contrats infernaux.

– Que voulez-vous, en bon diable d'affaires, je ne fais rien à crédit.

– Quant à moi, je ne verse jamais d'acompte. Je dois sortir

de ce pétrin de la même manière que je m'y suis embourbée : seule.

Je soupire. Mon regard se perd quelques minutes au-delà des allées bordées de tilleuls et de marronniers, vers les grilles dorées du palais, les ailes des ministres qui nous font face et le bâtiment carré du Grand Commun attenant. J'ai toujours affiché une assurance que je n'ai jamais eue. Je ne suis que l'ombre de cette Julie audacieuse à qui rien ne résiste.

– J'ai pour ma part hâte de voir à quoi ressemble votre fiancé, Julie. Pas vous ?

– La description que le comte m'en a faite m'incite au contraire à retarder ce moment. Il m'a également indiqué que monsieur Maupin était promis à une belle carrière dans les administrations royales.

– Nous voilà donc face à un véritable aventurier.

– Il habite Saint-Germain-en-Laye.

– Cet homme a décidément toutes les qualités. Est-il seulement bretteur ?

– Je ne le crois pas.

– À la bonne heure ! Une solution toute prête vous tend les bras. Tuez-le, et l'affaire sera close.

– Méphisto, je ne sais pas comment vous procédez en enfer, mais ici, on ne règle pas ainsi les choses.

– J'ai pourtant vu plus d'un prétendant mourir de saturnisme avant ses noces.

– Saturnisme ? Je ne connais point ce mal.

– C'est que je suis un peu en avance sur mon temps… C'est un excès de plomb dans le sang, même si, dans les exemples que je cite, il est davantage question d'acier. Mais que m'importe tout cela, après tout ? Ce n'est pas moi qui vais devoir embrasser monsieur Maupin, mais bien vous.

– Au moins est-il à peine plus âgé que je ne le suis.

– Pour quand les noces sont-elles prévues ?

– Pour la Saint-Valentin.

– Oh, le jour des amours ! C'est trop, n'en jetez plus ! Laissez-moi mourir de rire en paix.

Méphisto se plie littéralement en deux, à tel point qu'il menace de basculer dans le vide. J'hésite à le pousser pour aider cette gravité toute neuve que monsieur Newton vient de découvrir. Il s'apaise finalement.

– J'ai deviné dans votre œil, Julie, ce que vous étiez tentée de faire.

– Pourquoi pas ? Après tout, vous devez avoir l'habitude, vous qui êtes tombé du paradis même.

– *Touché*, madame. Vous avez cependant été bien avisée de n'en rien faire. Je vous aurais emmenée, car j'entraîne aussi les anges dans ma chute.

C'est à mon tour de rire.

– Joli, Monsieur le Diable. Quand vous le voulez, vous pouvez avoir de l'esprit – mais pas du Saint-Esprit, évidemment.

– Ni l'esprit sain, croyez-moi, fou de vous que je suis. Ah, Julie, je vous retrouve ! Je n'envie pas ce pauvre monsieur Maupin. Vous allez lui donner bien du souci au quotidien.

Je plisse les yeux et le regarde en coin.

– Vous ne pensez pas si bien dire, Méphisto.

– Je m'y connais assez sur le sujet pour comprendre que vous venez d'avoir une idée démoniaque.

Je contemple la foule de badauds qui sortent par la grille du palais.

–Vous me parliez plus tôt du jeu des courtisans. Il est en effet temps que j'y prenne part et que j'en apprenne les règles – avant d'imposer les miennes.

Méphisto, bien qu'intrigué, ne pose pas davantage de questions. Nous restons ainsi une heure encore, à admirer le crépuscule qui recouvre peu à peu le château de Versailles.

Scène 5

Versailles, février 1688

Mon père et moi rencontrons pour la première fois monsieur Maupin quand il vient nous rendre visite à la Petite Écurie pour les fiançailles.

– Ravi de faire votre connaissance, mademoiselle d'Aubigny.

– Enchantée de faire la vôtre, monsieur Maupin.

Je vois mon père sourire devant ce gendre parfait qui a tout pour lui plaire.

– Monsieur Maupin, je suis heureux de vous accueillir bientôt dans ma famille. Avec vous, ma Julie est entre de bonnes mains.

– C'est moi, monsieur d'Aubigny, qui ai de la chance de pouvoir épouser une fille aussi belle que la vôtre.

Je fais une révérence dans la robe couleur ventre-de-biche achetée pour cette occasion.

– Merci pour votre compliment, monsieur. Vous verrez cependant que mon talent ne s'arrête pas à mon apparence. Je chante, j'escrime, je monte et je danse. Vous, que faites-vous ?

Mon père désapprouve mon franc-parler, à en juger par le regard noir qu'il me jette. Monsieur Maupin, gêné, fait quant à lui une pâle risette.

– Je suis moins à l'aise avec les armes et les chevaux que vous ne l'êtes. Mon mauvais souffle m'interdit la chasse. Comme je ne suis pas né une raquette à la main, je préfère admirer le jeu de paume plutôt que de le pratiquer. J'apprécie toutefois la marche – si elle n'est point trop longue, ni trop accidentée – et je fréquente assidûment les tables de billard. Ah, et il m'arrive de m'adonner au jeu de mail, quand le temps est ensoleillé.

Quelles palpitantes journées il me promet là ! Je creuse encore.

– Aimez-vous la courante et la sarabande ?

– Modérément. Je vais aux bals seulement quand j'y suis invité, deux fois l'an.

Son triste sourire dévoile deux incisives un peu trop longues qui s'accordent fort bien à ses oreilles décollées. Je peux sembler moqueuse, mais il n'en est rien. Ce jeune homme est plutôt bien fait de sa personne. Ce que d'autres prendraient pour des défauts me le rend au contraire touchant.

Dans d'autres circonstances, j'aurais – presque – pu tomber sous le charme de ce chien éploré. Mais certaines de mes montures sont plus vives que lui ! Au moins, je sais à présent d'où il tire son nom. Maupin : la mine *mau*ssade, et les traits du la*pin*. Si je suis cruelle, c'est que mon mariage forcé n'attise en rien ma compassion.

– Mais je suis bon au pharaon, et je peux passer des soirées entières à en enchaîner les parties !

À se débattre ainsi, mon fiancé ne fait que s'enfoncer davantage. Mon père fronce à présent lui aussi les sourcils, car il sait que la passion des cartes n'apporte rien de mieux que des dettes de jeu. Il intervient avant que son futur gendre ne se noie tout à fait.

– Julie, tu importunes Monsieur. Nous ne sommes plus à l'époque de l'Inquisition. Que diriez-vous plutôt de visiter les Écuries royales ?

– Vous m'en voyez ravi, monsieur d'Aubigny.

Le visage crispé de Maupin hurle le contraire. Son oreille a sans aucun doute davantage réagi au mot « écuries » – et à la perspective de crottins à éviter – qu'à celui de « royales ». Malheureusement pour lui, mon fiancé est encore plus esclave des convenances que je ne le suis. Il n'ose pas refuser ce tour de la maison qu'on lui propose et emboîte docilement le pas à mon père.

J'en profite pour m'éclipser jusqu'à ma chambre. J'y échange ma robe rayée à passements et ma cornette à voile contre une confortable tenue de bretteuse. Quand je ressors dans la cour, je croise Méphisto occupé à peler une pomme, adossé à un mur.

– Alors ? Ce monsieur Maupin ?

– Le comte d'Armagnac n'a pas menti : aussi gentil que bien habillé.

– Comme je vous envie, Julie.

– Moquez-vous. La partie n'est pas encore terminée. (Je pousse un soupir.) Mais quand même ! Maupin n'entend rien ni à l'escrime ni aux bals.

– Moi, vous connaissez déjà mon goût des armes et j'ai, il me semble, un bon pas de branle.

Il m'offre alors le fruit qu'il vient d'éplucher.

– Non merci, Méphisto. J'ai lu l'Ancien Testament.

Le Diable referme sa main libre en un poing rageur.

– La peste soit d'Ève et d'Adam ! Depuis que l'on a mis leur histoire par écrit, ma ruse ne fonctionne plus !

Il mord avidement dans la pomme, boudeur.

– Voilà votre Roméo qui revient. Tâchez de ne pas finir comme Juliette.

– Je bois davantage de vins du Languedoc que de poisons.

– Méfiez-vous tout de même : la frontière entre les deux est parfois mince.

Il disparaît à l'intérieur du bâtiment, juste avant que les deux marcheurs n'arrivent jusqu'à moi. Mon père tique immédiatement quand il aperçoit ma tenue. Ma parole devance la sienne.

– La visite vous a-t-elle plu, monsieur Maupin ?

– Assurément. L'endroit est admirable. Les bêtes qui y sont abritées aussi. Je n'ai jamais vu de plus belles pouliches.

Se rendant compte de la maladresse de ses mots, il rougit.

– Ne vous méprenez pas ! Je parlais bien des chevaux, et non de vous, mademoiselle d'Aubigny.

Si j'avais encore quelques doutes, les voilà envolés : je ne vais pas épouser un poète. Je lui offre mon plus beau sourire.

– Il n'y a aucun malentendu.

Maupin souffle un grand coup, rassuré. Mon père en profite.

– Que nous valent, ma fille, ces nouveaux vêtements ?

– C'est qu'il est l'heure de ma leçon.

– Je trouve pour ma part, mademoiselle d'Aubigny, que cela vous sied à ravir.

Je le dévisage, agréablement surprise qu'il soit sincèrement charmé par mon allure.

–Vous êtes décidément adorable, monsieur Maupin. Dommage que vous n'aimiez pas l'escrime. Nous aurions pu tirer ensemble.

Sa timide rougeur devient écarlate d'émoi.

– Dommage, en effet. Bon cours à vous.

– N'oublie pas, ma fille, de venir nous retrouver quand tu auras fini. Le comte nous attend pour parler du contrat en fin d'après-midi.

– N'ayez crainte, père. Je serai là.

Ils s'éloignent tous deux tandis que je vais rejoindre maître Liancourt. L'heure passe trop vite. Après m'être changée, nous voilà tous les trois réunis dans le bureau de Monsieur le Grand.

Tout le monde se réjouit – sauf moi. Tout le monde relit les documents – sauf moi. Tout le monde signe enfin le contrat – sauf moi, encore et toujours. C'est à se demander pourquoi on m'a obligée à être présente. Tout le monde applaudit – et je me joins cette fois à la liesse pour ne pas être à nouveau écartée. Nous nous rendons ensuite à la chapelle des pages, où un prêtre nous attend pour nous bénir, Maupin et moi. Nous voilà officiellement fiancés.

Le lendemain, j'assiste dès l'aube à la valse des boulangers, confiseurs, menuisiers et autres artisans qui viennent voir mon père. Ce dernier coordonne les préparatifs avec minutie, car le mariage a lieu aujourd'hui même à onze heures.

– Ces fiançailles étaient décidément bien inutiles, Méphisto. Quelle drôle de tradition que de les faire précéder les noces d'un jour seulement. Nous aurions gagné du temps à directement nous marier.

– C'est exactement ce que je pense à propos du purgatoire ! Pourquoi donc faire attendre toutes ces âmes pendant des années, puisque la plupart vont finir chez moi ?

Le comte d'Armagnac insiste pour que je porte la luxueuse robe débordante de dentelles qu'il m'a offerte comme cadeau de fiançailles. Dubitative, je m'observe dans la psyché de mes appartements.

– Qu'en pensez-vous, Méphisto ?

–Vous ressemblez à une de ces meringues que le pâtissier Dalloyau prépare pour la table du Roi-Soleil.

– C'est bien ce qu'il me semblait…

Maupin est quant à lui encore plus habillé et gentil qu'à l'accoutumée. La cérémonie à l'église n'est qu'une suite de bénédictions, plus fastidieuse qu'une semaine entière d'escrime. Je pensais en avoir fini alors que ce n'était, hélas, que le début. Voici venir la messe, suivie d'autres bénédictions plus nombreuses encore, jusqu'à celle des anneaux et la signature du contrat.

Je vois arriver le repas comme une échappatoire salvatrice. C'était sans compter qu'il dure plus de trois heures, pendant lesquelles les invités viennent tour à tour nous offrir leurs félicitations et leurs cadeaux. Ce sont tous de prétendus bons amis de mon père – mais que je vois, pour la plupart, pour la première fois.

Arrive enfin la musique avec la fin du repas et de l'après-midi. Le comte d'Armagnac a organisé à grands frais un bal dans la cour de la Petite Écurie. J'ai beau être fourbue, les danses me redonnent un peu de joie de vivre. Monsieur Maupin se fait violence pour ouvrir le bal avec moi. Il se force même à enchaîner avec la carole qui suit.

Je cherche Méphisto dans cette foule. Il ressert généreusement du vin à ses compagnons, en vantant les mérites de ses pactes infernaux.

– Arrêtez cela tout de suite, Méphisto. Il y a déjà un contrat signé de trop aujourd'hui. Les vôtres devront attendre la fin de mes noces.

– Mais enfin, Julie, tous les bons recruteurs l'avouent : les gens ne sont jamais aussi volontaires que lorsqu'ils sont saouls ! Mais soit, pour vous, j'obéis.

Les festivités se terminent. Les plus vieux des invités sont repartis ; les autres, à moitié endormis. Je partage une dernière coupe avec Méphisto avant de me retirer à mon tour.

– À votre santé, démon.

– À la vôtre, madame. Puisse votre mariage ne pas être une prison.

– Il y a une clef pour chaque donjon. Si je ne la trouve pas, je pourrais peut-être alors me débarrasser du geôlier ?

– Je le savais, perfide Juliette : c'est votre Roméo que vous voulez empoisonner !

–Vous vous trompez de matière, mon cher. Je n'ai pas besoin de faire appel à la chimie pour arriver à mes fins, mais simplement à la géographie.

Je lui fais un clin d'œil tout en finissant mon champagne. À son regard pétillant, je devine que j'ai réussi à intriguer Méphisto.

– Il y a donc véritablement deux diables à Paris ces jours-ci…

SCÈNE 6

– Alors, Julie, cette nuit de noces ?

– Gentille et bien habillée.

Je m'entraîne à la rapière avec le Diable, qui peut désormais assister au cours de Liancourt quand il le désire.

– Qu'avez-vous promis à mon maître d'armes, Méphisto, pour qu'il vous ouvre ainsi toutes grandes les portes de sa salle ? Une botte inédite ? Une épée enchantée ?

– Simplement de l'argent.

– En effet, cela marche également.

La leçon terminée, je ne perds pas de temps et quitte les lieux sans attendre.

– Où allez-vous si pressée, Julie ?

– Retrouver mon mari ainsi que le comte d'Armagnac. Nous devons parler cadeau.

– Mon intuition me dit qu'il pourrait être empoisonné pour certains.

Je passe dans mes quartiers pour revêtir ma robe de fiançailles – la ventre-de-biche. Je vais ensuite gravir deux à deux les marches jusqu'au premier étage du bâtiment principal. Je range les mèches échappées de ma coiffure pendant ma course avant de me faire annoncer.

Monsieur Maupin est déjà là. Ses genoux sont aussi serrés que ses dents ; ses fesses, à peine posées sur le bord du fauteuil dont il a peur d'user le velours. Monsieur le Grand se redresse derrière son bureau pour m'accueillir.

– Julie, splendide beauté, nous vous attendions. Je vous en prie, prenez place.

– Merci, Monsieur le Comte. Rappelez-vous : dorénavant, ce n'est plus Julie, ni mademoiselle d'Aubigny, mais madame Maupin.

– Évidemment !

Je m'apprête à m'asseoir quand monsieur Maupin se lève d'un bond. Je comprends qu'il veut m'aider, comme tout bon mari galant. Je me plie – pour cette fois seulement – à l'étiquette.

Les hommes croient-ils vraiment que nous tomberions le cul par terre s'ils n'étaient pas là pour avancer nos chaises ? Monsieur Maupin, certainement. Il va falloir que je le rassure sur ce point quand nous serons seul à seul.

Le comte se racle la gorge.

– Le mariage a été un bien beau moment. Les invités ont été aussi ravis que moi. Vous également, n'est-ce pas, monsieur Maupin ?

– C'est bien le cas.

On ne sollicite toujours pas mon opinion, à croire qu'une femme devient transparente une fois qu'elle a dit *oui*. Mais je ne suis pas un dessin à la craie que l'on efface facilement.

– Moi, Monsieur le Comte, j'ai été totalement en-chantée par ce moment ! Je n'oublierai jamais que c'est à vous que nous le devons.

Tous deux me dévisagent, surpris que je prenne la parole sans y être invitée. Il va falloir les y habituer. Ils ont l'air de poissons avec leurs bouches qui s'ouvrent et se referment sans un son. Le comte poursuit.

– Merci, madame Maupin. Maintenant que votre union est scellée – et consommée…

Il fait un clin d'œil entendu à monsieur Maupin qui s'empourpre. Ils émettent de petits gloussements étouffés. Je me retiens de donner un coup de coude à mon voisin pour me joindre à leurs réjouissances grivoises.

– … nous allons donc évoquer le cadeau que je vous ai promis à tous les deux. Alors, monsieur Maupin, qu'est-ce qui vous ferait plaisir ?

– J'y ai bien réfléchi, et je souhaiterais…

– Pardonnez-moi de vous couper ainsi, mon cher et tendre, mais nous avons tant parlé ensemble. Je vous sais trop humble et trop gêné pour demander par vous-même la faveur qui est si chère à votre cœur.

– Ah oui ?

– Voulez-vous bien laisser mes mots traduire votre désir ?

– Eh bien, je vous en prie, faites, Julie.

Je me tourne vers Monsieur le Grand, intrigué par notre curieux échange.

– Ainsi, apprenez que mon mari rêve de soleil. Point notre aimé roi, si brillant en sa cour, mais celui du zénith qui illumine les simples âmes comme la sienne. Il le confesse bien souvent, sa constitution est médiocre. La nuit, il a les pieds glacés – à tel point qu'il tire toute la couverture à lui pour se réchauffer. Il tousse au réveil. Il me raconte qu'il grelotte quand midi vient à sonner, même en été ! Sans oublier son cœur qui tressaute quand il a trop mangé.

– Mais que lui faut-il, alors ? Quitter Paris ?

– Oh, mais quelle belle idée vous avez – et qui rejoint la nôtre. Ici, rien ne convient à monsieur Maupin. Offrez-lui donc un emploi là où sa constitution ne sera plus en danger.

– Les postes de province ne manquent pas. J'en ai un excellent, dans les Aides, à Limoges.

– Parfait ! Monsieur Maupin, vous ne pouviez pas mieux tomber. Cette cité est réputée pour son ensoleillement.

–Vous en êtes certaine, Julie ? Je croyais l'endroit plutôt pluvieux. Il m'a même semblé entendre parler de neige.

– On vous aura menti. Ne connaissez-vous donc pas la rengaine ?

Si Limoges est connue de par sa porcelaine,
Son hiver est si chaud que point besoin de laine.

– Non, cette chanson m'est inconnue.

– Il est vrai qu'elle est un peu tombée en désuétude aujourd'hui… Mais bref, il n'y a plus à hésiter ! Le comte vous fait un cadeau ! Allez-vous le refuser ?

– Je ne veux froisser personne…

– C'est une place dans les Aides qu'il vous donne ! À vous, qui me disiez pas plus tard qu'hier que vous en rêviez comme l'aboutissement de votre carrière.

– C'est fou comme nous avons discuté, vous et moi, sans que j'aie souvenir de rien…

– Alors l'affaire est entendue ! N'est-ce pas, monsieur Maupin ?

– Soit, à Limoges, donc, où je suis par son soleil attendu. Merci, Monsieur le Grand, pour ce bien beau présent. Merci à vous, Julie, d'avoir formulé cette demande bien mieux que je n'aurais su le faire.

– Tout le plaisir est pour moi.

Le comte conclut :

– Je suis ravi de voir vos cœurs réjouis, même si cela brise le mien que vous nous quittiez bientôt, madame Maupin.

Je fais une révérence pour dissimuler mon sourire. Car qui a jamais dit que, moi aussi, je devais partir ?

Les deux hommes, enchantés, se séparent sur une poignée de main. Nous dévalons les marches jusque dans la cour avec monsieur Maupin.

– Il faut fêter cela, Julie !

– À quoi pensez-vous donc ?

– Une partie de jeu de mail, peut-être ?

– Ce serait avec une grande joie, mais je n'ai malheureusement pas la robe appropriée pour un tel jeu. Une autre fois, peut-être ?

– Alors, que diriez-vous d'une petite collation avec les reliquats de nos épousailles, s'ils sont suffisants ?

– Cela m'agrée parfaitement. Quant aux restes, n'ayez crainte : nous ne mourrons pas de faim.

Ce repas n'a rien de frugal. Au contraire, c'est un festin qui s'offre à nous, digne de l'appétit de Pantagruel le géant. C'est à croire que les personnes présentes au banquet n'ont rien mangé la veille ! Mon époux en invite certaines à se joindre à nous. Nous voilà tous attablés pour la *collation* de monsieur Maupin.

En hors-d'œuvre, des rissoles, des pâtés à la béchamel et des grenadins glacés. En entrée, des pigeons de volière au basilic, des chapons au riz, des pieds-de-mouton farcis et une tête de veau au consommé. En gros bouts, un plat de perdrix au coulis de lentille et queue de mouton, ainsi qu'un gâteau de beurre à la gelée. En plats de rôts pour le second service, un rosbif d'agneau piqué, des pigeons romains et quelques tourteaux. En entremets de troisième service, des gâteaux de Russie, des beignets de pâté royal, de la crème de fleurs d'oranger au citron, des coquilles de gelée de groseille, des cuissons d'écrevisses, des petits pois à la crème et des croquettes d'oreille d'agneau.

J'ai d'habitude un bel appétit, mais je suis écœurée des ripailles de la veille. Je me contente de grignoter quelques feuilles de salade romaine et de laitue. Si monsieur Maupin a peu de souffle, il semble cependant avoir un estomac en excellente santé. Il goûte à presque tous les mets, qu'il fait glisser avec plusieurs verres de vin d'Anjou. Viennent enfin les desserts. Je me laisse cette fois tenter par quelques cuillères de fromage glacé et de compote de poire, ainsi que par un macaron et une meringue à la Choisy.

Mon mari plonge la main dans une jatte pour en extraire une orange, qu'il commence à peler d'un air satisfait.

– Hier était une journée exceptionnelle. Celle d'aujourd'hui est riche en cadeaux. Je n'ose imaginer celle de demain. Comment sera-t-elle, Julie ?

– Unique, puisque ce sera celle de votre départ ! Trinquons, monsieur !

Nous goûtons au muscat qui nous a été servi pour

accompagner nos sucreries. Monsieur Maupin repose sa coupe, engouffre un quartier de fruit, se fait pensif.

– Julie, vous avez fait erreur, et avez dit *votre* départ en parlant du *nôtre*.

– Je ne me suis point trompée. Demain vous partez, tandis que moi, je reste.

Maupin avale de travers et devient écarlate. Décidément, les cuisses le font rougir, que ce soit celles des oranges avec lesquelles il s'étouffe, ou celles que révèlent mes jupons.

– Mais pourquoi voyagerais-je sans vous, Julie ?

– Parce que le poste que vous a offert le comte a été taillé sur mesure à votre intention. Nous n'y rentrerons pas à deux, même en nous serrant.

– Vous ne m'accompagnerez pas là-bas ?

– J'abandonnerais mon pauvre père ! Vous n'y pensez pas, j'espère ?

– En vérité, je n'y avais pas songé. Mais monsieur d'Aubigny semble très bien se porter lui-même…

– … et vous également, vous vous en sortirez avec vos seuls talents. Ne rougissez pas, je sais qu'ils sont nombreux.

– Certes. C'est juste que ce n'est pas exactement ainsi que je concevais notre mariage.

– Comme le dit le poète : « L'amour n'est jamais aussi beau que lorsqu'il reste courtois. »

– Est-ce ce même auteur qui met Limoges en chanson ? En tout cas, je lui donne raison. J'apprécie la romance davantage que la passion.

– Alors, fêtons encore cela, et buvons à vos futures aventures !

Nous finissons nos coupes que Maupin remplit aussitôt. Il ne l'a pas remarqué, mais, cette fois, je me suis bien trompée. Je voulais trinquer à *mes* aventures, et non aux siennes.

Scène 7

Versailles, mars 1688

J'agite mon mouchoir tandis que le carrosse de monsieur Maupin quitte les Écuries royales. Je suis un peu émue. Ces quelques jours passés ensemble m'ont appris à l'apprécier. Certes, c'est un piètre mari, mais c'est un homme cultivé et un compagnon de table sympathique. Il va me manquer – mais pas son maudit jeu de mail qu'il a absolument tenu à me faire essayer. Je me sens à présent un peu coupable du mauvais tour que je lui joue. Il ne le mérite pas.

Monsieur Maupin est à peine parti que Monsieur le Grand, qui s'inquiète pour moi, demande à me voir.

– Enfin, madame Maupin. Si je vous ai donné un mari, ce n'est pas pour que vous vous en débarrassiez à la première occasion !

–Vous en parlez comme si je l'avais jeté, Monsieur le Comte. C'est lui qui m'a quittée.

– Une épouse a le devoir de le suivre.

– Je l'ignorais.

– Mais c'est dans le contrat !

– Il aurait fallu que vous me le laissiez lire, pour que j'en connaisse les clauses. Entre nous, celui qui les a écrites ne savait rien de Limoges. Car enfin, je vous le demande, Monsieur le Comte : rejoindriez-vous monsieur Maupin, si vous étiez à ma place ?

– Il est vrai que j'aurais plus volontiers choisi Lyon ou Bordeaux.

– Vous voyez bien ! Je n'ai fait qu'imiter votre sagesse en restant à Versailles.

– Soit, mais laissez-moi au moins vous verser quelques gages. Une femme seule ne saurait subvenir à son ménage.

Décidément, on m'imagine bien sotte, pour ne pas être capable de me débrouiller sans l'aide de personne. De plus, Monsieur le Premier ne doit pas avoir la même définition que moi de la solitude, car je suis entourée de pas moins de vingt écuyers, d'une cinquantaine de pages et de valets de pied, sans compter les cochers et les palefreniers.

– Merci, Monsieur le Comte, mais je n'ai besoin de rien. Je vis chichement.

– Soit, mais jurez-moi de venir me trouver si je peux vous rendre un service.

– Je vous le promets.

Je prends congé de Monsieur le Grand, rassuré et fier d'avoir sauvé la femme en détresse que je suis. Méphisto m'observe descendre l'escalier qui me ramène dans le hall principal jusqu'à lui.

– Vous êtes superbe, Julie.

– La liberté me sied bien.

– Cette nouvelle robe également. Sa couleur *veuve réjouie* est vraiment de circonstance.

–Vous exagérez, Méphisto ! Monsieur Maupin n'est pas mort, simplement en province.

– Non, Julie. Il voyage vers Limoges. Il s'en serait allé chez moi, en enfer, que vous auriez moins de souci à vous faire.

– Monsieur Maupin s'en sortira très bien. Il a appris pour son plus grand bonheur, juste avant son départ, que la ville abritait un club de billard.

– Laissons-le alors jouer avec ses boules, et tirons nos épées. Qu'en dites-vous ?

– À votre service, monsieur !

Les semaines s'enchaînent comme nos entraînements à la salle d'armes. Maître Liancourt me félicite de mes progrès. Il les attribue en revanche à mon nouveau partenaire, comme si je ne pouvais pas m'améliorer par mes seuls efforts.

– Je n'en peux plus de cette société qui favorise les hommes. Ce complot porte votre marque, n'est-ce pas, Méphisto ?

– Oh, j'ai œuvré à peine. L'être humain s'est suffi à lui-même.

– Ce monde va devoir changer.

– Il vous faudra patienter, Julie, car si la roue tourne, elle le fait lentement.

– Je n'attendrai pas aussi longtemps. Je prends ma vie en main dès à présent. Je ne veux plus que quelqu'un me dicte ce que je dois faire, penser ou aimer.

– Bien dit !

– Ni dieu ni maître ! Telle sera ma nouvelle devise.

– Hum… Mais un diable peut-être ?

– Juste pour palabrer, alors – et seulement si vous répondez à ma question : le jeu de mail, c'est vous qui l'avez inventé ?

Le visage de Méphisto se plisse en un masque d'indignation.

– J'ai sans doute mauvais goût, Julie, mais pas à ce point. Et avant que vous ne me le demandiez : non, Limoges non plus n'est pas de mon fait. Il est vrai, cependant, que j'ai quelque temps hésité à l'ajouter à mes cercles infernaux…

Les cours à l'école des pages prennent fin avec le mois de mai. Méphisto propose de nous entraîner ensemble jusqu'à la reprise, quand une autre idée me vient.

– N'avez-vous pas envie de changer d'adversaire, Méphisto ?

– Nous nous connaissons à peine et, déjà, je ne vous suffis plus.

– Il ne s'agit pas de cela, mais de nous frotter aux bretteurs de Paris.

– Sont-ils bons ?

– Certainement moins que nous. Mais sur les dix mille du Quartier latin, nous pouvons en espérer un ou deux qui soient dignes de nos rapières.

– L'idée est intrigante. Connaissez-vous des salles dans la capitale ?

– Celle de la rue des Boucheries Saint-Germain. De là, nous nous en ferons conseiller d'autres aisément.

– Qu'attendons-nous, alors ?

Nous franchissons les grilles des Écuries de Versailles pour plonger dans les venelles étroites de Paris. À la salle où je conduis Méphisto, nous rencontrons de nouveaux partenaires de lames avec qui nous sympathisons rapidement. Nos assauts terminés, nous voulons parler plus avant de nos gardes et de nos bottes autour d'une bouteille. Le Diable nous propose de nous conduire à une adresse qu'il connaît bien, Le Compas d'or. Il prend la tête de notre groupe et nous fait quitter le Quartier latin jusqu'à la rue Montorgueil.

– C'est une auberge sise dans une cour de ferme, noire et vivante, grasse de l'odeur de la paille fraîche. Comme un avant-goût de la campagne, en plein Paris *.

– Comment la connaissez-vous, Méphisto ?

– Elle est non loin de la cour de Miracles, où je suis parfois sollicité.

– Pour rendre soudain la vue aux malheureuses fripouilles qui l'ont perdue ?

– Non, ils la recouvrent très bien tout seuls. J'interviens un peu plus tard, quand vient l'heure des comptes entre eux, et qu'elle ne sonne pas toujours le bon quart.

En entrant dans le lieu, je découvre que l'endroit est un repère de duellistes. La salle en est remplie, qui affichent crânement leurs épées à la ceinture. Notre petite troupe s'installe sur des tabourets, de part et d'autre d'une longue table en bois sombre.

– Nos amis ici présents affirment que, pour devenir les meilleurs bretteurs, il faut boire comme eux. Qu'en pensez-vous, Julie ?

– Que ce sont les Gascons qui sont assurément les plus réputés à la rapière, ces jours-ci.

Le tavernier nous apporte bien vite nos bouteilles. À peine servi, Méphisto lève son godet rempli à ras bord de mousseux clair.

* ZOLA (Émile), *Le Ventre de Paris*, extrait.

– Trinquons ensemble à la dame qui partage notre table. Une pour tous…

– … et tous pour une !

L'ambiance est joyeuse ; notre discussion, endiablée – forcément. Je remarque au cours de la soirée un mendiant qui m'observe depuis le fond de l'établissement. Il part aussitôt découvert.

– Celui-ci qui s'en va s'intéressait à moi, Méphisto. Est-ce un de vos miraculés ?

– Non. Celui-là doit être une *mouche* de La Reynie, un indicateur pour le premier lieutenant général de la police de Paris. Vous attirez l'attention de la maréchaussée, Julie.

– Je n'ai pas peur. Les mouches, je les cogne ; et les cognes, je les mouche.

Notre soirée est la première d'une longue liste. Nos nouveaux camarades nous conseillent d'autres adresses où exercer notre escrime. Nous passons de salle en salle, nous faisant peu à peu notre place dans le monde des bretteurs du Quartier latin. Au début du mois de juin, nous franchissons le seuil du Cercle Saint-André-des-Arts.

Je commence à m'échauffer avec Méphisto quand je repère un homme charmant qui encadre quelques novices. Je veux le détailler davantage, mais Méphisto me porte une attaque qui me force à faire un demi-tour. J'essaye de pivoter pour que l'inconnu revienne dans mon champ de vision, mais le Diable m'empêche encore une fois de manœuvrer. Je ne crois pas au hasard.

– Le jeune homme, là-bas, l'avez-vous vu, Méphisto ?

– Qui ça ? Oh, ce grand échalas ? Non, je ne l'avais pas remarqué.

– Pourtant, vous faites en sorte que je sois dos à lui à chacun de nos assauts. À croire que vous voulez que je ne le regarde pas.

– Pourquoi m'intéresserais-je à un individu aussi quelconque ?

– Belle taille, bonne mine, joli sourire et muscles souples. Moi, il me plaît bien.

– Je ne vois vraiment pas ce que vous lui trouvez. Il doit bien respirer, c'est sûr, avec de telles narines.

– C'est un des prévôts de cette salle. Son grand nez ne l'empêche donc pas de savoir manier l'épée.

– Pas aussi bien que moi, j'en suis certain.

– Méphisto, seriez-vous jaloux ?

– Moi ? Ridicule. Je regrette simplement qu'en venant ici, rue Gît-le-Cœur, ce soit le vôtre que je doive ramasser. Voilà maintenant que vous allez conter fleurette à ce bellâtre insignifiant.

– Erreur, Méphisto. Je vais lui conter *fleuret*.

J'abandonne Méphisto pour m'approcher du prévôt. Je le découvre plus charmant encore à le détailler de près. Il me salue avec élégance.

– Séranne, pour vous servir, madame. À qui ai-je l'honneur ?

– Madame Maupin. Mais de bretteur à bretteuse, vous pouvez m'appeler Julie.

– J'ai entendu parler de vous. Vous êtes celle dont tous les duellistes de Paris ont le nom à la bouche.

– Que disent-ils de moi ?

– Ils prétendent que vous savez manier la rapière et que vous gagnez contre eux plus souvent que l'inverse.

– Qu'en pensez-vous ?

– Que je vérifierais bien par moi-même, si vous le permettez.

– À votre service, monsieur.

Nous voilà face à face. Séranne se place en *coda lunga e stretta*, l'équivalent d'une tierce. Mon adversaire est donc adepte de l'escrime bolonaise, comme Méphisto. J'adopte une garde ordinaire, pied en avant et rapière en tierce également.

– Êtes-vous prête, Julie ? Allez !

Il prend l'initiative et tente un *riverso* qui balaye sa lame de la gauche vers la droite. Je le bloque sans difficulté.

Si on m'avait décrite comme une débutante,
On vous aura trompé, car j'ai de la détente.

Je dégage mon arme par-dessous puis me fends, pied gauche levé. Séranne recule et m'assène un *mandritto*, un coup de droite vers la gauche.

Je pensais que c'était un duel d'escrime,
J'ignorais que ce fût un échange de rimes.

Je lève un sourcil, étonnée tout autant que séduite qu'il réponde à mes vers avec autant d'aisance. Il en profite pour tenter une *cavation* en gardant son bras tendu, et me touche à l'épaule de la pointe de son arme. Énervée, je ne le quitte pas des yeux quand nous reprenons nos places initiales.

Le point est donc à vous et il est certes beau,
Mais ne vous leurrez pas : j'aurai le dernier mot.

Séranne, mis en confiance par le succès de son premier assaut, me force à attaquer en me harcelant avec des coups en *falso montante*. Puis, quand il croit m'avoir ferrée comme un poisson, il tente un *fendant* du haut vers le bas.

Mais où est donc Julie, la fameuse bretteuse ?
Elle qui est si douée et toujours victorieuse ?

Il pense à nouveau m'atteindre facilement quand je place la *flanconade* de Liancourt. Ma main gauche gantée plie le faible de sa lame pour l'écarter, tandis que ma rapière lui touche le ventre en quarte forcée.

Où est donc ce prévôt qui se nomme Séranne ?
En attendant qu'il vienne, je me bats contre un âne.

Je m'attends à le trouver furieux, mais c'est un grand sourire qui plisse le coin de ses yeux bleus. Des rires éclatent. Je remarque alors que plusieurs duellistes ont cessé de se battre pour venir se placer en cercle autour de nous. Méphisto est du nombre. Il regarde d'un œil sombre son rival qui recommence à rimer.

Vous avez égalé par une belle touche.
Mais au prochain envoi, c'est moi qui ferai mouche.

Séranne me provoque avec quelques demi-bottes au visage, puis le fourbe me porte brutalement une *montante* de bas en haut. Il se croit déjà vainqueur, mais il fait erreur.

Je saisis son poignet de ma main libre, glisse une jambe derrière son genou, plaque mon bras armé en travers de son torse et fais une torsion pour le faire basculer en arrière. Séranne chute lourdement sur le dos. Je me penche pour lui chuchoter mon coup de grâce à l'oreille.

Pardonnez-moi, monsieur, si je suis peu farouche,
Et en fin de combat vous demande : on couche ?

Déstabilisé par cette ultime botte qu'il n'avait pas vue venir, Séranne se met à rougir. Sur ce point – mais celui-là seulement –, il ressemble à monsieur Maupin.

Notre public siffle et applaudit ma victoire pendant que Séranne se relève. Beau perdant, il enlève son gant et me tend sa main. Les cris s'élèvent de plus belle quand je la prends. Le prévôt ramène ensuite de l'ordre dans sa salle.

– Merci à toutes et à tous pour ces réjouissances. Maintenant qu'elles ont pris fin, que les entraînements recommencent.

Chacun s'en retourne à son combat, même Méphisto, qui va se trouver un nouvel adversaire.

– Mes félicitations, Julie. J'approuve votre escrime.

– Merci, Séranne. Et mon invitation ?

– Je l'accepte doublement.

Nous nous entraînons encore pendant une heure avant de quitter les lieux. Méphisto feint l'indifférence et ne m'offre ni un au revoir ni un regard. *Le Diable amoureux,* voilà qui ferait un beau titre de livre*.

À la sortie de la salle, nous tombons nez à nez avec un personnage en col blanc, au manteau noir qui contraste avec sa perruque, et à la moustache sévère. Je crois un instant me trouver face à feu le ministre Colbert. L'homme s'adresse à Séranne d'une voix aussi sèche que le regard qu'il pose sur lui.

– Vous nous quittez déjà, prévôt ? Et moi qui me faisais une joie d'apprendre de vous aujourd'hui !

– Je suis navré, monsieur, mais ce sera pour une autre fois.

L'inconnu pivote vers moi.

– Présentez-moi au moins à celle qui vous accompagne, avant de disparaître comme un *brigand*.

Son ton autoritaire, ainsi que ce mot *brigand* sur lequel il insiste, m'échauffent le sang.

– Je me présente fort bien toute seule. Julie Maupin, pour vous servir, monsieur.

L'homme fait une courte révérence pour répondre à la mienne.

– Enchanté, madame. Gabriel Nicolas de La Reynie, à votre service également. Je ne vous retiens pas plus longtemps. M'est avis que le hasard nous fera nous recroiser.

– Je ne crois pas à la chance, monsieur de La Reynie.

– Alors, nous sommes deux, car moi non plus, madame Maupin. Belle journée à vous.

Il entre dans la salle d'un pas aussi maîtrisé que ses gestes.

* *Le Diable amoureux*, de Jacques Cazotte, sera publié en 1772. Ce roman est considéré comme l'un des précurseurs du genre fantastique en littérature.

Séranne attend que nous soyions hors de portée des oreilles de La Reynie pour s'adresser à moi en chuchotant.

– Il m'a un instant semblé, Julie, que ton nom ne lui était pas inconnu.

– C'est la première fois que je le rencontre, mais ses mouches volettent autour de moi.

– Alors, nous sommes deux à les attirer.

– Pourquoi ses espions s'intéressent-ils à toi ?

– Je suis prévôt et j'ai le duel facile. Même si je n'ai tué aucun de mes adversaires, j'en ai blessé plus d'un. Heureusement, je n'ai jamais été pris sur le fait.

Si s'entraîner à l'escrime est autorisé, le duel d'honneur et de réparation est formellement interdit. Louis XIV en a assez de perdre des lames qui lui seraient plus utiles dans ses armées.

– Le lieutenant de police nous a tous les deux à l'œil maintenant, Julie.

Nous passons à proximité de l'auberge du Compas d'or, en direction de son appartement. Mon beau prévôt me fait grimper dans sa chambre, au dernier étage d'un immeuble de la rue du Bout-du-Monde – et plus tard dans la nuit, plus haut encore.

Scène 8

Paris, mai 1688

Séranne devient mon compagnon d'escrime attitré, en plus d'être mon amant nocturne. Il me fait découvrir de nouvelles salles où nous croisons le fer avec une complicité grandissante. Nos entraînements sont de véritables spectacles, attirant toujours plus de bretteurs qui détaillent avec curiosité notre danse de lames.

Je délaisse ma chambre à la Petite Écurie et emménage chez Séranne. Entre deux étreintes, nous parlons de notre autre passion commune, celle du chant. Nous voilà à fredonner en duo des airs lyriques. Quand nous n'en connaissons pas les paroles, nous en inventons les rimes. Nous nous enroulons ensuite dans les draps pour en faire des toges. Ainsi accoutrés, nous improvisons des opéras inédits, comme la victoire de César en Gaule ou son assassinat par son fils Brutus.

Quand nous avons assez chanté, Séranne me raconte son histoire. Né dans le Quartier latin, c'est un véritable enfant des lames. Il s'est essayé à l'escrime dès son plus jeune âge et ne l'a plus quittée depuis. Il termine sa troisième année de compagnonnage. Je siffle, admirative.

– Dans une année seulement, tu pourras tenter l'examen.

– Hélas, non. Il me faudra attendre trois saisons de plus, car je dois avoir vingt-cinq ans pour présenter un chef-d'œuvre.

– Devant ton maître ?

– Oui, plus les cinq autres qui m'accueillent également dans leur salle. Je devrai tirer contre tous avec trois épées différentes. Le maître d'armes de la Maison du roi, Jean Rousseau, y assistera en personne.

– Je connais ce dernier de vue. Il est responsable des entraînements à la Grande Écurie de Versailles. Tu vas donc devoir patienter quelques années encore.

– Cela me laisse le temps d'économiser assez pour offrir, comme la tradition l'exige, deux rapières et des gants neufs à tous les fils de mes maîtres ayant atteint leur majorité.

– Les filles n'ont droit à rien ?

– Elles ne se battent pas à l'épée.

Il mesure la malhabileté de sa phrase au regard noir que je lui jette.

– Pourquoi, je te prie, les femmes ne sauraient-elles pas manier une arme ?

Il bafouille des excuses.

– Pardon, Julie. Mais tu es la seule que je connaisse qui escrime comme un homme.

– Comme un *être humain* ! Car enfin nous avons, nous aussi, deux jambes, deux mains et au moins autant de cervelle !

J'abandonne Séranne dans le lit. Il cherche timidement à

me retenir, puis renonce en voyant ma mine furieuse. Je vais au Cercle Saint-André-des-Arts pour vider ma colère – et j'enchaînerai, après, avec quelques godets de vin.

Je repère Méphisto à l'instant où j'entre dans la salle. Je crois un moment qu'il va m'ignorer. Il s'excuse finalement auprès de son adversaire pour venir me saluer.

– Je ne savais pas que les fantômes s'adonnaient à l'escrime.

– Moi aussi, Méphisto, je suis heureuse de vous revoir.

–Vous êtes déjà lassée de votre joli cœur? Se serait-il montré prévôt-lage ?

– Je vous ai connu plus subtil. Désolé de vous décevoir, Méphisto, mais tout va bien entre Séranne et moi. Il ne s'agit que d'une contrariété passagère.

– De la *contrariété* chez un si jeune homme, comme cela est triste. Vous me l'auriez demandé, Julie, je vous aurais prévenue : les Français ne font jamais de bons amants.

– Et les diables ont toujours une foi aussi mauvaise que leur conseil. Quitte à nous battre, que diriez-vous de le faire une épée à la main, Méphisto ? Ou la jalousie a-t-elle émoussé votre escrime autant que votre esprit ?

Il perd son air pincé.

– Pourquoi pas ? Après tout, j'ai un peu de temps avant que mon nouveau partenaire n'arrive.

Nous retrouvons nos habitudes aussi vite que notre complicité.

–Vous souriez plus que jamais, Julie. Votre bel amant a décidément bien pris votre cœur.

– Il l'a emporté au Bout-du-monde.

– C'est aussi mignon que navrant.

– Avouez que cela vous contrarie, Méphisto, qu'il m'ait fait monter dans sa chambre.

– Tant que ce n'est pas au septième ciel…

Nous croisons le fer depuis une demi-heure quand le Diable rompt notre combat pour s'intéresser à un nouvel arrivant. Je pivote à mon tour, pensant trouver le mystérieux partenaire de Méphisto – s'il existe – et aperçois Séranne qui s'avance vers nous, penaud.

– Je ne voulais pas vous interrompre…

– N'aie crainte, Séranne. Ma colère a pris fin. Voici Méphisto, un bretteur de mes connaissances.

Séranne s'incline à peine devant le Diable, qui lui rend un salut tout aussi glacial.

– Nous n'avions pas eu le temps de nous présenter, prévôt.

– C'est chose faite.

Pas un « enchanté » ni un « ravi de vous rencontrer ». Un silence s'installe, de ceux qui tendent l'atmosphère et les muscles. Leur inimitié est si épaisse que je pourrais palper l'air qui les sépare. Séranne perd patience le premier.

– Pour faire plus ample connaissance, nous pourrions tirer ensemble, qu'en dites-vous ?

Un sourire imperceptible gagne les lèvres du Diable.

– Cela aurait été avec joie, prévôt, mais mon rendez-vous arrive. Demain, peut-être…

– Alors, à demain, Méphisto.

Ils s'écartent l'un de l'autre tout en se fixant du coin de l'œil, comme deux coqs qui se jaugent dans la basse-cour. Ne leur manquent qu'une crête et quelques plumes, et l'illusion serait parfaite.

– Étrange personnage que ce Méphisto. Savez-vous d'où il vient, Julie ?

– D'un endroit infernal, à ce qu'il prétend.

– De Limoges ?

En entendant ce nom, je repense doublement à mon mari. D'abord parce que je me sens encore un peu coupable envers lui. Ensuite parce que je n'ai toujours pas révélé à Séranne son existence. Il me faudra le faire sans tarder.

Le prévôt ignore mon silence.

– Je ne sais pas de quel enfer votre ami est originaire, Julie, mais il fréquente en tout cas le seigneur des mouches.

Je reporte mon attention sur la personne qui fait maintenant face à Méphisto. Je me fige en reconnaissant Gabriel Nicolas de La Reynie. Méphisto et lui se saluent et se sourient comme deux vieux complices. De voir ainsi ces deux diables réunis ne laisse rien présager de bon.

– Rappelez-moi, Séranne : quand la Bible annonce-t-elle qu'il y aura sur terre plus d'un démon ?

– Dans l'Apocalypse de Saint-Jean, pas avant.

– C'est bien ce qu'il me semblait…

Le lendemain, Séranne et Méphisto s'affrontent comme convenu au milieu des bretteurs venus les regarder. La Reynie est arrivé un peu plus tôt pour l'occasion. Je ne quitte pas le Diable des yeux, mais il ne tente rien pour blesser le prévôt. Il perd même cette rixe amicale. Un détail n'échappe cependant pas à mon observation attentive : Méphisto a délibérément laissé la victoire à son adversaire, un acte bien étrange pour quelqu'un qui n'hésite pas à tricher pour gagner.

Ce que tous ne manquent pas de remarquer, en revanche, c'est la haine larvée que ces deux personnages se vouent l'un à l'autre. Leur rancœur transparaît même quand ils se serrent la main à la fin de l'assaut. J'intercepte le Diable avant qu'il ne retrouve le lieutenant de police pour leur entraînement quotidien.

– Je ne connais pas le nom du plat, mais je sais que vous mijotez quelque chose, Méphisto.

– Je me suis fait servir par Séranne la défaite que je lui concoctais, voilà tout.

– Vous mentez mal, pour un démon.

– Difficile de faire autrement, quand on a d'abord été un ange pendant autant d'éons.

Mon attention se relâche au fil des jours. Je suis un matin en train de me prélasser au lit, bien décidée à profiter de cette journée ensoleillée, quand je vois soudain revenir un Séranne en panique.

– Il nous faut quitter Paris sans délai, Julie !

– Calme-toi. Que s'est-il passé ?

– J'ai tué quelqu'un.

J'arrive à le convaincre de s'asseoir pour me détailler sa mauvaise aventure. Séranne a croisé devant l'église des Carmélites un individu qui l'a bousculé. L'homme, loin de s'excuser, est entré dans une rage folle et a exigé réparation. Séranne a tenté de le raisonner, mais cela n'a fait qu'agacer davantage l'inconnu, qui a alors dégainé sa rapière. Ils se sont battus jusqu'à ce que Séranne empale finalement son adversaire, qui s'est effondré mort sur le parvis.

– Je me suis enfui quand les passants se sont mis à crier. La police doit être à mes trousses. Elle va venir me chercher ici. Il nous faut partir, Julie, et vite ! La Reynie n'attendait que cette excuse pour m'emprisonner et me faire payer tous mes autres duels clandestins. Et puis…

– Qu'est-ce que tu me caches, Séranne ? Parle, enfin !

Il inspire un grand coup.

– L'inconnu n'en était pas vraiment un. C'était Méphisto.

La rage m'envahit aussitôt. Voilà où voulait en venir ce maudit Diable. Il a fait en sorte que tout le Quartier latin soit informé de leur différend. Difficile à présent pour le prévôt de prétendre que leur affrontement est fortuit, et que la mort de Méphisto est un simple accident.

Séranne se méprend pour la colère qui déforme mes traits.

– Je te demande pardon d'avoir tué ton ami, Julie, vraiment…

– Ne t'en fais pas, je m'en remettrai.

Et Méphisto également.

– Tu as raison, Séranne, il nous faut quitter Paris. Où irons-nous ?

– J'ai quelques propriétés à Marseille.

– À nous la cité phocéenne, alors.

Nous empaquetons en hâte quelques vêtements et nos maigres économies. Quand nous sommes prêts, Séranne ouvre fébrilement la porte.

– Nous n'avons que trop tardé.

– Pars devant. Je dois absolument faire une dernière chose avant de quitter Paris.

– Est-ce si important ?

– Diablement, oui.

– C'est trop dangereux ! Je vais t'accompagner.

Quand est-ce qu'un homme me laissera enfin régler seule mes affaires ?

– Non. Retrouvons-nous à la sortie de la ville.

Je lis dans ses yeux une confiance mitigée, mais sa tête acquiesce pourtant. Nous descendons l'escalier et nous séparons dans la rue. Je fonce au Compas d'or. À peine entrée, je repère le Diable sur un des bancs, un verre de bourgogne à la main et une croûte de sang séché sur le devant de sa chemise.

– Bonjour, Méphisto. Je pensais bien vous croiser ici. Pour un mort, vous semblez en belle forme.

– C'est grâce au Nuits-Saint-Georges, Julie. Un vin que le médecin royal lui-même recommande à Louis XIV pour sa bonne santé.

Schling !

Je place sur sa gorge la pointe de mon épée.

– Maudit démon ! Séranne a des ennuis à cause de vous. Vous allez l'aider, maintenant, et l'innocenter avant que La Reynie ne s'en mêle !

– Trop tard, madame Maupin, car je suis déjà là.

Je me retourne précipitamment pour lui faire face. Dans mon dos, Méphisto chuchote entre deux gorgées.

– Moi aussi je te connais, Julie.

Je l'ignore et m'adresse au lieutenant général de police.

–Vous savez, monsieur, qu'il y a méprise. Le prévôt n'est coupable de rien.

– Il y a bien eu duel, de jour et en pleine rue. C'est celui de trop pour Séranne.

– Mais il s'est défendu ! Méphisto n'est même pas mort, comme on l'a prétendu.

– La blessure de mon ami est, elle, bien réelle.

Le Diable intervient humblement :

– Elle aurait pu être fatale, si Dieu ne m'avait pas protégé dans son infinie bonté.

Je lève les yeux au ciel ; La Reynie, un pistolet vers moi.

– Madame, je suis la loi. Mettez vos mains bien haut.

– Je n'ai donc pas le choix : je serai le chaos.

Je saute sur la table de Méphisto et donne un violent coup de pied dans le pichet de Nuits-Saint-Georges qui va s'écraser sur La Reynie. Le lieutenant est projeté au sol, et son tir, dévié dans le mur. Le Diable est enthousiaste.

–Voilà une botte hors de prix que je baptise la *Flaconade de Maupin* !

Je bondis par terre et file sans attendre vers la porte de derrière. Des officiers de police, alertés par le coup de feu, arrivent par l'entrée de l'auberge. Je jette un dernier regard à Méphisto par-dessus mon épaule. Il me fait un clin d'œil et lève son gobelet à ma santé.

Je plonge dans la rue où je sème sans mal mes poursuivants, qui ont certes plus d'autorité, mais moins de célérité que moi.

Je rejoins Séranne deux heures plus tard à l'endroit convenu. Son soulagement est visible quand il me voit indemne. Il a fait l'acquisition de deux chevaux en m'attendant. Je grimpe sur celui dont il me tend la bride.

– As-tu pu régler ton affaire, Julie ?

– Elle est toujours en suspens. Partons, maintenant.

Nous nous engageons sur la route de Lyon. Au fil des lieues, ma rage cède peu à peu la place à une réelle excitation. Au diable Méphisto : que l'aventure commence !

Acte II

Tout feu tout flamme

Julie

Nous voilà, Séranne, tout au bout du chemin.
À Marseille et son port nous arrivons enfin.
Je suis fatiguée. Veux-tu bien, mon tendre,
Nous conduire chez toi sans plus trop attendre ?

Séranne

Julie, cette maison et ses champs attenants
Que je t'ai tant vantés n'existent pas vraiment.

Julie

Quels sont donc les bons mots quand on dit, mon ami,
De fausses vérités ?

Séranne

Je t'ai menti, Julie.

Scène I

Marseille, mai 1688

Ma joie d'arriver à Marseille se transforme en déception quand je découvre les mensonges de mon compagnon de route.

– Je te pardonne, Séranne, car je t'ai aussi caché deux ou trois petits détails sur moi. Comme le fait que je ne disposais pas vraiment d'une rente de mon père – ou que j'avais un époux.

Séranne relève brusquement la tête. Lui qui croyait que je me faisais appeler *madame* uniquement par coquetterie connaît maintenant la vérité.

– Toi ? Un mari ? Où est-il ? À Paris ?

– Non. À Limoges.

Il expire, rassuré de savoir monsieur Maupin si éloigné, et que je ne lui tienne pas rigueur de ses mensonges.

– Qu'allons-nous faire, Julie ?

– Ce que nous faisons de mieux : escrimer et chanter. Commençons par les armes.

Je lui détaille mon idée de gagner notre vie en donnant des spectacles d'épées. Nous voilà à arpenter Marseille pour dénicher une taverne qui veuille bien accueillir notre première représentation. Après une demi-journée de marche, de la pesquarie du port jusqu'aux murailles de la commanderie Saint-Jean, nous trouvons finalement un établissement au pied des moulins qui accepte notre proposition. La patronne de l'Auberge du Panier, d'abord peu intéressée, se montre soudain débordante d'enthousiasme quand elle comprend que je suis une femme. Ma tenue de bretteuse, que je garde plus volontiers pour voyager, l'a en effet confondue.

Ce contrat décroché, nous nous faisons ensuite recommander une hostellerie peu coûteuse où descendre. Nous voilà repartis jusqu'à l'Auberge des Galères – un nom fort à propos dans notre situation –, où nous louons une chambre à la semaine avec nos dernières économies. Nous y passons le reste de la journée à nous préparer. Nous défroissons nos habits, huilons nos rapières et échauffons nos corps en luttant à l'épée – et un peu dans le lit.

Le soir arrivé, nous longeons l'imposant arsenal situé à côté de l'auberge. Le bâtiment se présente comme un L majuscule, dont une des barres est le quai des Belges et l'autre celui de Rive-Neuve. Son entrée a la forme d'un fer à cheval Devant elle s'élève le superbe pavillon de l'Horloge. C'est ici qu'ont été bâties les quarante galères qui mouillent à Marseille et composent la flotte du Roi-Soleil.

L'arsenal accueille deux formes pour la construction des navires. Ses magasins abritent les rames, cordages et agrès pour l'aménagement des vaisseaux, et sa cour le bois nécessaire au chantier. Un hôpital est dédié aux galériens. La Maison du Roi et son superbe jardin logent l'intendant, qui vit ainsi entouré de plantes rares et d'animaux exotiques. Enfin, l'étage accueille la gigantesque salle d'armes où sont entreposés pas moins de dix mille mousquets et autant de sabres.

Un nouvel arsenal est en cours de construction, au sud de l'actuel. Un cartouche est gravé au-dessus de sa porte d'entrée, où je déchiffre : *Hanc magnus Lodoix invictis classibus arcem condivit hinc domito dat sua jura mari*.

– Je n'entends pas grand-chose au latin, Julie.

– « Le grand Louis aux flottes invincibles a construit cette citadelle d'où il dicte ses lois à la mer domptée. »

Nous reprenons notre chemin. Au fur et à mesure que nous approchons de notre destination, je sens mon compagnon dévoré par un trac grandissant.

– Ne t'inquiète pas, Séranne, tout se passera bien. Il te suffira de te battre comme d'habitude.

– Et que tu remportes le duel.

– Comme d'habitude, je te dis.

Nous voilà arrivés à l'Auberge du Panier, qui est déjà bien remplie. Je dénombre peu de bourgeois, mais davantage d'artisans venus se désaltérer à la fin de leur journée de travail. Séranne me prend à part discrètement.

– Je comprends mieux, à présent, pourquoi la patronne était si heureuse de nous accueillir. Nous apportons un prestige à son établissement que ses habitués n'ont assurément pas.

– Un public reste un public, Séranne.

Nous faisons chercher la maîtresse des lieux. Nous patientons au comptoir. La voilà déjà qui arrive, ses yeux gris pétillants d'excitation.

– Ravie de vous revoir. Je vous ai gardé la table dans le

coin. Installez-vous, je vais vous faire porter mon meilleur pinot noir de Bourgogne.

Nous la remercions et prenons place à l'emplacement indiqué. Nous trinquons à notre première.

– À notre succès, Julie !

– Il faudra bien. Sans cela, nous n'aurons même pas de quoi payer nos consommations de la soirée.

Je me sens sereine malgré notre situation. J'avais besoin de me prouver que je pouvais quitter Paris et vivre par moi-même. Je doute encore de moi, j'ai l'impression d'être une usurpatrice et que je n'y arriverai pas. Mais j'en ai assez d'être l'ombre de cette Julie aventurière, je veux désormais pleinement l'incarner. Tant pis si je n'y parviens pas : les seules personnes qui ne ratent jamais sont celles qui ne tentent rien.

Mon beau prévôt se détend lui aussi après quelques gorgés de vin. La salle finit de se remplir. Nous nous tenons prêts quand l'aubergiste s'avance au milieu des tables pour demander l'attention des clients.

– Bonsoir à tous. Nous avons le plaisir de recevoir ce soir deux invités de qualité. Ils vont donner devant vous un assaut d'armes que vous n'êtes pas prêts d'oublier ! Mesdames et messieurs, voici Séranne et Julie !

Les applaudissements précèdent notre entrée. Certains plissent les yeux, cherchant à deviner dans la pénombre qui est Julie de nous deux. La chose n'est pas aisée : mon justaucorps noir dissimule ma silhouette et mon feutre empanaché occulte mes cheveux enroulés.

Nous prenons place au centre de l'allée, délimitée de part et d'autre par des tables bondées. Nous privilégions les positions hautes pour que chacun puisse mieux voir nos passes d'armes.

Nous nous mettons en garde de prime, poignets levés, rapières au-dessus de nos têtes et parallèles au sol. J'attends que le silence s'installe, puis j'engage bruyamment le fer de mon partenaire.

Abandonnez l'épée et prenez une chaise.
C'est moi qui vais gagner, car je suis marseillaise.

Des vivats et des sifflements suivent ma déclaration. Séranne bloque ma botte.

Vous vous trompez, madame, ce combat est le mien.
Je vais le remporter, car je suis parisien.

Ce sont cette fois des *ouh !* et autres cris d'indignation qui s'élèvent. Nous enchaînons quelques froissements et battements, accompagnés de va-et-vient. Puis je grimpe sur une table.

Remplacez votre épée par l'aiguille plutôt.
Vous confondez, monsieur, l'escrime et le tricot.

La salle s'esclaffe. Séranne fait un moulinet pour me faucher. Je saute sur place. Sa lame passe sous mes pieds tandis que s'élèvent des cris de surprise. Je bondis de table en table où les clients ont juste le temps de se saisir de leurs verres pour éviter qu'ils ne se renversent. Pendant que Séranne fait le tour de la salle pour me rattraper, mes yeux s'attardent soudain sur une silhouette familière, tout au fond de la taverne. Je la reconnais sans peine, malgré son teint fardé de blanc et ses luxueux habits écarlates débordants de dentelles. Méphisto, emperruqué comme un marquis, me salue discrètement sous son large chapeau à plumes. Je me ressaisis au moment où Séranne me le cache en venant se planter face à moi.

Si je suis le tailleur, vous êtes le mouton.
Si j'ai besoin de laine, c'est donc vous que je tonds.

Mon compagnon a cette fois droit lui aussi à quelques applaudissements et quelques « Bien envoyé ! » lâchés par nos spectateurs. Nous ferraillons à nouveau, enchaînant les bottes et les parades, les lames au-dessus de nos têtes. Je recule jusqu'à me retrouver dos à l'entrée de l'auberge.

Voici venir la fin, et c'est moi qui l'emporte,
Puisque je reste ici quand vous prenez la porte.

Je fais un hochement de tête imperceptible. C'est le signal que Séranne attendait pour se fendre, pointe en avant. Je fais un pas de côté tout en ouvrant la porte. Emporté par son élan, mon partenaire la franchit, et je la referme derrière lui. Je monte enfin sur une table pour saluer le public qui applaudit. Séranne rentre me rejoindre pour profiter lui aussi des ovations.

Méphisto prend soudain la parole, un petit verre de digestif à la main.

– On m'avait promis une femme qui escrimait, or, je ne vois ici que deux hommes. Il n'y a rien d'extraordinaire à regarder deux bretteurs se battre en duel.

Des sifflements s'élèvent pour le huer. Séranne n'a pas reconnu que l'importun était le Diable. Je le retiens avant qu'il n'intervienne. Je dénoue les lacets de ma chemise, dont j'entrouvre le haut pour dévoiler mes seins.

Ce que notre duo n'a su vous suggérer,
Cette paire, en revanche, saura vous le prouver.

Des jurons, surpris ou offusqués, s'élèvent aussitôt. Même Méphisto, qui ne s'attendait pas à une telle repartie de ma part, recrache sa liqueur sur la table. Il sort un mouchoir pour essuyer sa bouche, l'air faussement indigné, tandis que ses yeux se font rieurs. La salle explose finalement en une liesse générale. Je me rhabille juste avant que la foule ne me porte victorieuse jusqu'au comptoir. Une voix s'élève alors au-dessus des autres pour me demander :

– Comment t'appelles-tu ?

J'ai la présence d'esprit de ne pas donner mon nom de femme mariée, mais plutôt celui de jeune fille. Paris et La Reynie ont beau être loin, je vais tâcher de me faire oublier quelque temps encore.

– Julie d'Aubigny.

– À Julie, la bretteuse du Panier !

On nous offre à boire, à Séranne et à moi. Nous passons ensuite chapeau à la main dans la salle. Je m'avance vers le Diable avant que Séranne ne le fasse.

– Que faites-vous ici, Méphisto ?

– Je suis venu admirer le spectacle – et je ne regrette pas.

– Si Séranne vous reconnaît…

– Il m'intenterait un procès ? Ou il me tuerait, peut-être ? Grand bien lui fasse : il l'a déjà fait. Il serait alors poursuivi à Marseille comme à Paris.

– Moi, je pourrais vous noyer dans l'eau bénite.

– Allons, Julie. Avouez que vous n'êtes pas mécontente d'avoir quitté la capitale. La Reynie n'a rien à vous reprocher, si ce n'est son justaucorps taché de bourgogne. Me pardonnerez-vous enfin pour cet excès de jalousie ?

Le Diable m'arrache un sourire en mimant un chien battu.

– Je pardonne, mais je n'oublie rien, Méphisto. Cessez de faire cette tête. On dirait mon mari quand il rate un point au jeu de mail.

Il glisse une bourse épaisse dans mon chapeau.

– Voilà de l'argent honnêtement gagné à vous partager.

– Je n'en crois rien, Méphisto, mais merci quand même.

La généreuse donation du Diable, complétée par celles des clients ravis qui lâchent des pièces par poignées, nous assure le gîte et le couvert pour plusieurs jours. Pour Séranne et moi, le spectacle vient de commencer.

Scène 2

Marseille, juin 1688

Le bouche-à-oreille fait vite notre renommée. En quelques semaines à peine, nous voilà connus dans tout le quartier du Panier. Nous donnons notre représentation un soir sur deux, dans les tavernes qui entourent le marché du Petit Mazeau : La Coupe, La Licorne et Les Trois Maures, ou encore les Logis du Rozier et le Coq d'Inde. Les publics y sont toujours bienveillants, et nos pourboires, généreux. Séranne est enchanté.

– Grâce à toi, nous voilà célèbres, Julie !

– Ce n'est que le début.

J'ai pris goût au spectacle, mais j'envisage maintenant des scènes autrement plus prestigieuses que les tables d'auberge. J'ai assez travaillé ma voix avec mon maître de chant à l'école des pages pour me risquer à l'opéra. Séranne approuve immédiatement mon idée. Il me fait aveuglément confiance depuis le succès de nos assauts d'armes.

Nous découvrons Marseille les jours où nous ne nous entraînons pas. Nous passons devant l'hôtel de ville, visitons Notre-Dame-des-Accoules – la plus vieille église de la cité –, faisons le tour de la place Neuve et de celle de Vinaulx, longeons les remparts jusqu'à l'aqueduc avant de revenir par les moulins jusqu'au quartier du Panier. J'abandonne Séranne pour déambuler seule sur les quais et retrouver le Diable – pardon, le marquis Légion de Vauvert – à la Roue de fortune, où il est descendu.

– Vous connaissiez déjà Marseille, Méphisto ?

– J'y viens de temps en temps. La dernière fois, j'y ai croisé un mercenaire suisse qui montait la garde au château Sainte-Marie. Il a détalé comme un lapin quand il a compris qui j'étais. Cela ne l'a pas empêché de se vanter le lendemain de m'avoir mis en fuite, et de gagner son surnom de « chasse-diable ».

– Et vous, d'où vous vient ce « marquis Légion de Vauvert » ?

– J'ai choisi Vauvert, car les légendes voudraient que j'apparaisse souvent dans ce lieu perdu du monde. Absurde ! Quant au prénom, c'est que la Bible pour une fois a raison. Quand on me demande comment je m'appelle, j'aime prendre une voix grave et rugir : *Nombreux sont mes noms, car je suis Légion* * *!*

Nous éclatons de rire.

– Julie, pourquoi gardez-vous votre tenue de bretteuse ?

– Je m'y sens plus à l'aise – et j'attire davantage les regards des jolies femmes de la cité.

– Avec votre charmant minois, ce ne sont pas des œillets que vous devez cueillir, mais assurément des œillades.

– Oui, des bouquets entiers.

* Marc 5:9

– À part voler les cœurs, avez-vous d'autres projets ?

– Je vais tenter l'audition de l'Académie de musique.

–Vous voulez passer des armes aux arts, et devenir cantatrice ? J'ai moi-même une assez belle voix de baryton. En tout cas, si vous réussissez, vous pouvez compter sur moi pour venir vous entendre chanter.

– En fait, j'espérais que le marquis de Vauvert puisse m'aider.

Le Diable, soudain euphorique, affiche un sourire toutes dents dehors.

–Vous avez besoin de moi, Julie ? Ne bougez pas, je sors le contrat !

– Non, oubliez, Méphisto. Je vais plutôt faire comme d'habitude et ne compter que sur moi-même.

– Soit, mais je laisse le document sur la table – à côté de ce couteau pointu –, si jamais vous changiez d'avis.

Je vais retrouver Séranne et nos spectacles d'escrime. Pendant nos jours de repos, je travaille mes vocalises pour préparer mon audition. Quand je me sens prête, je sollicite un rendez-vous auprès de monsieur Gaultier, le directeur. C'est un homme instruit et charmant, qui se montre ravi de ma candidature. Je m'attendais à un long entretien, mais me voilà embauchée après seulement quelques essais de chant. Séranne me félicite à mon retour.

– Tu devrais être heureuse, Julie. Alors pourquoi cet air chiffonné ?

– Le directeur m'a expliqué que les emplois dans son théâtre n'étaient pas très courus. J'ai l'impression que je n'ai aucun mérite.

– Tu n'as pas volé ta victoire. Aurais-tu mal chanté qu'il ne t'aurait pas retenue. Tu peux être fière de toi.

– Merci, Séranne. Tu as raison. Bientôt je serai sur les planches – et si les places sont si peu disputées, il sera facile de t'y faire monter toi aussi.

Après deux semaines de répétitions à peine, me voilà sur la grande scène de l'opéra à interpréter une bergère dans *Le Carnaval*, une mascarade de Lully. La représentation est un triomphe. Le Diable me retrouve en coulisse.

– Alors, comment m'avez-vous trouvée, marquis ?

– Il n'y a rien à redire, Julie. Vous maniez la houlette aussi bien que la rapière.

– Je pensais davantage à ma voix, Méphisto.

– Vous avez votre place assurée en enfer. Si vous espérez chanter au paradis, il faudra par contre progresser. Les anges sont réputés pour leur oreille musicale.

Je le congédie, vexée. Ma colère retombe bien vite, car comme dit le dicton : *Ne jamais la question poser si tu ne veux pas la réponse entendre.*

J'arrive à convaincre le directeur du théâtre d'embaucher Séranne, comme je l'envisageais. Il me rejoint dans *Le Carnaval*, où il campe un Espagnol en mal d'amour.

Ma carrière musicale est lancée. Le public me remarque pour ma voix bas-dessus. Les contraltos sont rares sur scène. Cela me distingue des autres solistes davantage que la qualité de mon chant, car, comme l'a souligné si élégamment Méphisto, ma technique mériterait d'être encore travaillée.

Dans les mois qui suivent, je suis tour à tour Nérine, la confidente de la magicienne Circé dans *Canente*, la tragédie de

Houdan de La Motte et Colasse ; la déesse Cérès dans *Proserpine*, de Quinault et Lully ; et même le triple rôle de Polymnie, Iris et Vafrina dans les *Fragments*, de Lully. J'explique également à Séranne que le marquis Légion de Vauvert est un de mes admirateurs pour justifier nos fréquentes rencontres. Mon beau prévôt m'avoue alors que lui aussi a quelques admiratrices. Ni lui ni moi n'éprouvons pourtant de la jalousie. Ce sont les premiers signes d'un amour qui devient peu à peu amitié.

Méphisto passe dans ma loge avant la première de *Marthésie, Reine des Amazones*, la tragédie de Houdan de La Motte et Destouches, dans laquelle j'interprète Cybèle. Je suis en train de mettre les dernières touches à mon maquillage tout en échauffant ma voix.

– *Ah ! je ris de me voir Cybèle en ce miroir**.

Le Diable plisse les yeux, pensif.

– Cela me rappelle quelque chose… Non, je dois confondre.

– Vous ne me souhaitez pas bonne chance pour cette première, Méphisto ?

– En avez-vous besoin, Julie ? Le public vous est déjà acquis.

Ce soir-là, en effet, toutes les têtes se tournent vers moi quand j'entre en scène. J'en repère cependant une au parterre qui me détaille plus intensément que les autres. C'est celle d'une femme blonde de mon âge, flanquée de ses deux

* NdA. Clin d'œil au fameux « Air des bijoux » de l'opéra *Faust*, de Gounod, chanté par Marguerite : *« Ah ! Je ris de me voir si belle en ce miroir »*, et qui ne sera créé qu'en 1859.

parents à l'air revêche. Ce joli fruit à la peau de pêche me dévore littéralement des yeux. Je la trouve moi-même belle à croquer. Je finis ma tirade en plongeant mon regard dans le sien. Il brille d'une lueur qui ne trompe pas. Elle veut que je lui charme le cœur – et a déjà volé le mien.

Scène 3

Marseille, juillet 1688

J'apprends que la délicieuse apparition se nomme Angélique, et qu'elle est la fille d'un marchand d'étoffes. Je m'épanche auprès du Diable, attablé dans son hostellerie.

– Méphisto, je suis amoureuse.

– D'une fille de tapissier ? Vous n'y pensez pas, Julie ! Elle est certes jolie, mais aventurière comme vous l'êtes, dans une semaine vous en serez lassée. Mais à quoi bon discuter, puisque vous n'en faites de toute façon qu'à votre tête.

– Non. Je n'en fais qu'à *mon cœur*, Méphisto.

Je trouve l'adresse de mon admiratrice pour lui faire parvenir, à l'insu de ses parents, une lettre où je lui rime toute mon affection. Deux jours passent pendant lesquels je m'angoisse. Puis sa réponse arrive enfin. Elle me déclare son amour réciproque dans des vers délicieusement malhabiles. Je suis aux anges, au grand désespoir de Méphisto.

– Où partez-vous d'un pas si pressé, Julie ?

– Visiter Angélique pendant que ses parents n'y sont pas.

– Vous n'omettez rien ?

– Mes habits, ma rapière et ma bourse… Non, tout y est.

– Et Séranne ?

– Oh, il s'en remettra, n'en doutez pas. À voir comment mon prévôt tourne autour des autres cantatrices, nul doute que l'une d'entre elles saura me faire oublier de lui.

Je rejoins mon admiratrice dans sa maison, qui jouxte la tour de la grande horloge. Elle me reçoit par la porte des serviteurs. Elle rougit en m'apercevant. Je la trouve plus belle encore.

– Entrez vite.

Sa main avance doucement pour prendre la mienne et m'attirer à l'intérieur. Son hésitation me touche. Elle m'agrippe maladroitement du bout des doigts. Je les presse et lu offre un sourire pour la rassurer. Je sens la chaleur envahir sa peau quand elle me le rend.

Nous traversons main dans la main le rez-de-chaussée recouvert de tomettes jusqu'à sa chambre. Nous voici face à face. La gêne la gagne à nouveau. Je comprends que pour elle, c'est la première fois. Je l'attire alors tout doucement contre moi. Son corps se raidit d'abord avant de se détendre peu à peu. Je murmure à son oreille tout en lui caressant les cheveux :

– Je ne suis là que pour toi. Dis-moi ce que tu désires. Si tu veux seulement que nous nous enlacions, ou que je m'en aille, je ne m'en offusquerai pas.

Mais Angélique ne souhaite pas que je parte. Elle découvre l'amour au rythme de sa propre voix qui guide mes baisers.

Notre passion est aussi brûlante que la chaleur de l'été. Nous nous retrouvons ensuite pendant chacun de mes jours de relâche – mais qui sont loin d'être de tout repos. Angélique gagne un peu plus de confiance en elle à chacune de nos étreintes.

– Julie, je t'aime.

Je sais bien que ce n'est pas vrai, ou du moins pas comme elle le croit. J'incarne pour elle ce premier amour qui n'aura jamais le goût d'aucun autre.

Notre histoire n'est probablement qu'une aventure passagère. Elle n'en est cependant pas moins belle ou sincère. Alors, je souris et je l'embrasse. Je lui offre un morceau de ce bonheur qui se grave dans nos souvenirs, et qui de nos cœurs jamais ne s'efface.

Les premières de mes opéras sont les seules occasions où nous pouvons nous croiser en public. Angélique y est toujours accompagnée par ses parents. J'attends avec impatience ces instants où nous échangeons du regard ce que nos lèvres murmurent quand nous sommes enlacées. Lorsque je chante l'amour de la princesse Clorinde dans *Tancrède*, de Danchet et Campra, c'est à elle que j'adresse secrètement ma tirade.

Suis-je Clorinde ! ô ciel ! quel trouble me dévore !
Puis-je me reconnaître encore !
Mon cœur contre l'amour fut toujours révolté ;
Dans l'horreur des forêts exerçant mon courage,
J'ai longtemps de Diane imité la fierté.*

C'est une période enchanteresse où je suis comblée d'applaudissements autant que de plaisir. Elle prend brutalement

* DANCHET et CAMPRA, *Tancrède*, livret, acte II, scène 1.

fin à la première de *Thésée*, où Angélique n'est pas présente. Ma déception première se transforme vite en inquiétude. Son siège vide est une plaie béante au premier rang, dont mes yeux n'arrivent pas à se détacher de toute la représentation.

Dès le lendemain, je me faufile tel Thésée dans le labyrinthe des ruelles jusqu'à la demeure de mon amante. Quand je frappe à la porte, ce n'est pas ma belle Ariane qui m'ouvre, mais son Minotaure de père.

– Ainsi donc, c'est bien vous. Ma fille a tout avoué après que nous avons trouvé vos lettres, pourtant je n'arrivais pas à le croire.

Pas un « bonjour », pas un « mademoiselle » ni un « madame » – ni même un « monsieur ». Quand les bien-pensants condamnent une femme qui n'a rien fait d'autre qu'être elle-même, ils lui retirent ses titres et leur respect.

– Qu'avez-vous fait d'Angélique ?

– Nous l'avons mise là où vous ne pourrez plus la pervertir, et où elle-même pourra se repentir de ses péchés : au couvent ! N'essayez pas de la chercher à Marseille, elle n'y est plus. Nous avons préféré envoyer le plus loin possible de vous notre fille que nous aimons.

– Non, monsieur. Moi, je l'aime. Ce n'est pas votre cas, car sinon vous la laisseriez libre de ses choix.

– Pour qu'elle sombre dans la luxure avec vous ? Pour qui vous prenez-vous pour me donner des leçons ? Hors de chez moi, diablesse !

– Il n'y a de démons que celles et ceux qui transforment en enfer la vie des autres. Je ne suis certes pas un ange, monsieur, mais je désire offrir à votre fille ce bonheur que vous-même êtes incapable de lui accorder.

– Partez, ou je fais chercher le prêtre qui vous conduira au bûcher !

Je m'éloigne, mâchoire serrée de rage autant que de peine. Ce n'est pas le père qui m'a enlevé Angélique, mais cette société qui attache les femmes dans sa morale aussi étroitement que le prisonnier dans ses chaînes.

Il n'est pas encore né, l'homme qui m'empêchera de briser les miennes.

Je cherche Méphisto à travers la ville et le trouve qui sort d'une pâtisserie.

– Oh, Julie, quelle belle surprise ! Connaissez-vous les croquants de Marseille ? On les appelle parfois *casse-dents*. Un nom qui leur convient fort bien, car j'ai moi-même failli en perdre une en les goûtant.

Je balaye d'un revers de main le biscuit qu'il me tend.

– Au diable vos gâteaux, Méphisto. Est-ce encore une de vos manigances ?

– Le Diable, c'est moi, et j'attendais justement que ce croquant me revienne si vous n'en vouliez pas. Quant au reste, soyez plus précise, je vous prie.

– Angélique. Est-ce vous qui l'avez dénoncée à son père ?

Maphisto semble sincèrement étonné.

– Nullement, pourtant je mentirais si je disais que ça ne m'a pas traversé l'esprit. Mais asseyons-nous pour en parler, voulez-vous ? Et prenez un croquant, j'insiste. Je préfère que vous passiez votre colère sur lui plutôt que sur moi.

Nous nous installons sur un banc. J'accepte à contrecœur

le second biscuit qu'il m'offre et commence à le mâchonner. Je parviens à le manger sans perdre une molaire.

– Mais qui a eu donc l'idée d'une telle pâtisserie ?

– Je ne sais pas, Julie. Soyez certaine en revanche que je vais en rapporter la recette à mes commis infernaux. Ils vont se faire une joie de les cuisiner en nombre pour nos invités, d'autant plus qu'ils ne manquent ni de feu ni de fourneaux. Mais passons. Qu'en est-il d'Angélique ?

– Ses parents ont découvert notre liaison.

– C'était inévitable. Vous vous dévisagiez tellement qu'il était impossible de ne pas remarquer tôt ou tard que vous étiez éprises l'une de l'autre.

– Ils l'ont envoyée hors de Marseille…

– C'est fâcheux, mais je peux vous aider à la retrouver. Tenez-moi mes gâteaux un instant, je vous prie. Il vous suffit de signer…

– … dans un couvent, Méphisto.

– Ah, alors là, je ne peux plus rien pour vous, Julie. Je suis navré.

– Et moi donc.

Le Diable remballe son contrat en même temps que ses biscuits. Nous nous taisons pendant plusieurs minutes. Je n'entends plus que le cri des gabians qui nous survolent et les mastications acharnées de mon voisin. Je ne sais lesquels m'exaspèrent le plus. Les passants nous saluent. Ils posent sur moi un regard admiratif, me prenant certainement pour le bretteur attitré du marquis Légion de Vauvert. Méphisto finit péniblement son dernier biscuit avant de relancer notre conversation.

– Julie, que comptez-vous faire pour retrouver votre belle Angélique ?

– Tenter le diable, évidemment…

Scène 4

Avignon, septembre 1688

– Au revoir, Séranne. Notre histoire fut une belle aventure. Je ne t'oublierai pas.

– Moi non plus, Julie. Bon vent à Avignon, et à tes amours !

Séranne a bien pris l'annonce de notre séparation. Son chagrin est sans doute atténué par le fait que nous nous étions déjà éloignés l'un de l'autre – et que lui se soit beaucoup rapproché d'une jolie soprano.

Me voilà à présent chevauchant vers la cité des Papes, le Diable à mes côtés.

– Je n'aurais jamais cru, Julie, que je me rendrais de mon plein gré dans une ville sainte.

– Qu'est-ce que cela fait d'être dans le rôle de l'agneau ?

– J'ai l'impression de me jeter dans la gueule d'un loup qui se serait lavé les crocs à l'eau bénite.

Nous arrivons devant Saint-Bénézet. Son pont est malheureusement aujourd'hui impraticable depuis que plusieurs de ses arches ont été emportées par une crue, une vingtaine d'années plus tôt.

– Mais qu'attendent-ils donc pour reconstruire ce pont, Méphisto ? Nous voilà obligés à faire quinze lieues de plus pour traverser le Rhône.

Le Diable, soudain mal à l'aise, s'agite sur sa selle.

– Je dois vous avouer, Julie, que le détour que nous devons faire est un peu de ma faute.

– C'est vous qui avez détruit le pont d'Avignon ? Mais pourquoi ?

– Il était pavé de petites dalles sur lesquelles mon cheval glissait chaque fois que je l'empruntais. Et puis, je n'y croisais que des moines qui me jetaient des regards mauvais, avec leurs airs supérieurs ! Un jour, ça m'a vraiment énervé, et j'ai provoqué une averse pour faire monter les eaux. Ah ! ne me dévisagez pas comme ça, Julie. J'en connais un autre qui l'a fait avant moi, et plus violemment encore, avec son Déluge. Maintenant que vous savez tout, pouvons-nous reprendre la route ?

Nous poussons jusqu'à Villeneuve-lès-Avignon pour franchir le fleuve. Avignon est certes riche d'édifices religieux, mais également de somptueux hôtels particuliers.

– L'Église et l'argent semblent faire bon ménage, Méphisto.

– J'ai toujours trouvé cela étrange, venant de personnes qui font vœu de pauvreté.

Nous passons au centre de la ville, devant le palais aussi imposant que majestueux. Je suis cependant surprise de dénombrer plusieurs filles de joie dans les ruelles alentour. Je m'en ouvre à mon compagnon de route.

– Nous serions arrivés un siècle plus tôt, Julie, elles auraient été plus nombreuses encore. Quand les papes étaient en Avignon, elles devaient leur payer une *redevance*. Elles bénéficiaient ainsi de l'autorisation d'exercer leur métier, et les religieux, d'une rentrée régulière d'argent pour entretenir leurs églises.

Nous demandons une bonne hostellerie où nous loger. Une passante nous en conseille une rue du Petit-Paradis. Le Diable s'y oppose aussitôt.

– Dormir tout à côté d'un cimetière consacré ? Ma bonne volonté a des limites, Julie.

– Moi qui pensais que par amour pour moi, Méphisto, vous me suivriez jusqu'au Paradis…

Nous descendons finalement à l'auberge du Chapeau d'or, rue de l'Escarpe, à proximité de la porte du même nom. Après une longue nuit de sommeil réparatrice, nous nous attablons devant un copieux petit déjeuner. Une fois repu de lard et d'œufs brouillés, le Diable sort de son silence.

– Comment comptez-vous procéder, Julie, pour retrouver votre belle ?

– Je n'ai pas vraiment le choix. Je vais devoir me renseigner discrètement auprès de chaque couvent – et la cité n'en manque pas.

– Ne m'en veuillez pas si je ne vous accompagne pas. Les lieux saints sont pour moi comme les orties : ils me donnent de l'urticaire.

Me voilà à arpenter la ville de long en large, de la rue des Lices à celle du Puits-du-bœuf en passant par la place Saint-Didier. Je fais intégralement le tour des remparts pour me rendre au couvent des Dames de Sainte-Catherine, des dominicaines de Sainte-Praxède, de Notre-Dame-de-la-Victoire, au monastère des visitandines et des ursulines. C'est finalement dans ce dernier que je retrouve enfin la trace d'Angélique. Épuisée, je rejoins Méphisto, attablé devant un copieux plateau de victuailles.

– Voulez-vous partager une tête-de-moine avec moi, Julie ?

– Avec plaisir, si c'est bien du fromage que vous parlez.

Je lui résume ma journée laborieuse, mais triomphante. Le Diable fait passer sa tartine avec une gorgée de graves.

– Mes félicitations, vous avez découvert où était cloîtrée votre Angélique. Maintenant, que comptez-vous faire ? L'enlever ? Ce ne sera pas une chose aisée. Je ne pourrai malheureusement pas vous aider. Le sol des églises indispose mes pieds comme une dalle brûlante.

Je bois à mon tour une lampée de vin rouge avant de lui souffler mon idée.

– Soyez sans crainte, Méphisto. J'ai un plan pour y entrer, qui ne nécessite ni force, ni discrétion, ni complice.

– Vous ne songez quand même pas à…

– Si, si.

Méphisto éclate bruyamment de rire, à en renverser sa coupe sur les dentelles de sa chemise.

– Julie, il faut décidément que je commence à surveiller mon trône, car vous êtes diabolique, vous aussi.

Scène 5

– Je suis une pécheresse, ma sœur. Je viens faire pénitence.

Humble et tête courbée, je suis à la porte des ursulines. J'ai troqué ma tenue de bretteuse contre une plus modeste de servante. La religieuse me dévisage d'un air sévère avant de prendre la parole.

– Dieu pardonne à celles et ceux qui désirent un repentir sincère. Entrez, ma fille. Nous verrons ce qu'il est encore possible pour vous.

Je lui emboîte le pas dans les couloirs en pierre du couvent. Elle m'amène à la mère supérieure, auprès de laquelle je prône ma cause de femme perdue, mais qui souhaite retrouver le droit chemin de Jésus-Christ. Ces derniers mois passés sur les planches du théâtre m'aident à donner à mon histoire de veuve adultère des accents de vérité. La bourse contenant mes maigres économies achève de convaincre la moniale. Je suis finalement admise au couvent comme «jeune fille à éduquer religieusement pour le salut de son âme».

Je m'installe dans la cellule que l'on m'a attitrée. J'y dépose mes affaires – où j'ai habilement dissimulé ma tenue d'escrime et ma rapière. J'enfile l'uniforme des ursulines: robe noire, chapelet, ceinture de cuir, guimpe, voile blanc et bandeau. J'ai eu la présence d'esprit de me présenter en fin d'après-midi pour éviter les prières du début de journée.

Je suis directement conduite au réfectoire, où le dîner va être servi. En pénétrant dans la salle voûtée où sont installées deux longues tables à tréteaux, je repère immédiatement Angélique. Elle est posée en bout de banc, un air résigné peint sur ses traits. Je vais m'asseoir en face d'elle. Elle m'ignore d'abord, puis lève la tête et me reconnaît aussitôt, stupéfaite.

– Enchantée. Je suis Julie. Je viens d'être admise au couvent. Vous êtes ?

– Angélique. Ravie de vous rencontrer.

Un sourire illumine à nouveau son visage. Nous passons tout le repas à faire faussement connaissance. Nos pieds se serrent sous la table. Nos corps font de même quelques heures plus tard, quand je vais la retrouver dans sa cellule. Essoufflées, nous murmurons sous les couvertures pour que l'écho des pierres ne nous trahisse pas.

– Je n'aurais jamais imaginé que tu viennes me chercher, Julie. Merci.

– Quitte à aimer, il ne faut jamais le faire à moitié.

Angélique m'explique ensuite en détail comment ses parents l'ont fait avouer à force de menaces, puis comment ils l'ont envoyée le jour même dans ce couvent où elle se morfond depuis. Je lui raconte à mon tour ma confrontation avec son père, mon départ de Marseille et mon arrivée en Avignon.

– Comment allons-nous sortir d'ici, Julie ?

– Les religieuses nous surveillent de près. Il nous faut patienter jusqu'à ce qu'une occasion se présente.

Heureusement, nous n'avons qu'une semaine à attendre.

Je ne sais pas si j'aurais supporté les matines, petites heures, vêpres et autres prières plus longtemps.

Une jeune novice succombe à une maladie contractée dans le froid grandissant de l'hiver en approche. La défunte devait être à peine plus âgée qu'Angélique et moi. Son enterrement a lieu dans la soirée. Les religieuses préparent son corps, puis une messe est donnée à son intention. Le prêtre termine la cérémonie par l'encensement et le rite de l'eau. La morte est ensuite mise en bière et amenée jusque dans une tombe creusée dans l'enceinte même du couvent. Le cercueil est descendu dans le trou, mais ne sera recouvert que le lendemain, pour laisser le temps à celles et ceux qui le souhaitent de prier une dernière fois pour le salut de son âme.

Angélique et moi sommes seules dans le réfectoire, car la plupart des ursulines sont allées se recueillir dans leurs cellules. Je peux ainsi dévoiler mon plan sans crainte qu'il soit entendu par des oreilles indiscrètes.

– Si nous fuyons, je ne manquerai à personne. Les religieuses enverront en revanche des gens à ta recherche, car tu es sous leur responsabilité depuis que tes parents t'ont confiée à elles. Il faut faire en sorte que tu disparaisses.

– Je ne comprends pas où tu veux en venir, Julie.

– Mets des habits confortables et prépare ton sac. Tiens-toi prête une heure après l'extinction des feux.

Angélique acquiesce sans poser davantage de questions. Je vais la chercher à l'heure convenue, puis nous descendons sans bruit dans le jardin en direction du cimetière.

– Julie, nous n'allons quand même pas…

– Chut !

Nous arrivons devant la fosse encore ouverte. Je plonge à l'intérieur pendant qu'Angélique reste au bord.

– Avons-nous le droit d'agir ainsi, Julie ?

– Jésus est bien sorti de sa tombe.

– Mais il l'a fait tout seul !

– Disons alors que nous donnons un coup de main pour qu'une autre suive son exemple.

Angélique lâche un petit rire qui efface ses traits inquiets.

– Tu n'as décidément peur de rien, Julie. C'est pour cela que je t'envie. Et que je t'aime.

Je veux lui avouer que je suis aussi effrayée qu'elle quand je croise son regard rempli d'admiration. Mon orgueil me fait alors taire pour rester cette héroïne qui se reflète dans ses yeux.

Je referme le cercueil, puis je me hisse hors du trou. Nous remontons la défunte dans son linceul jusque dans la chambre d'Angélique, où nous l'installons dans le lit.

– Que fait-on maintenant, Julie ?

L'excitation a définitivement remplacé la peur dans la voix de mon amante.

– L'ancienne Angélique doit mourir pour que la nouvelle puisse ressusciter, libérée de tout.

J'attrape un cierge que j'avance vers les draps. Angélique retient mon bras.

– Si c'est mon trépas, alors c'est à moi de le faire.

Elle s'empare de ma bougie et met le feu au lit, qui embrase à son tour les rideaux.

– Partons. Vite.

Je prends Angélique par la main, et nous dévalons les marches des étages en courant. Notre cavalcade réveille tout le couvent. Mais nous sommes déjà hors de ses murs quand les premières sœurs sortent dans les couloirs. Elles ont alors autre chose à penser qu'à nous donner la chasse.

Nous gagnons l'hostellerie du Chapeau d'or où j'avais payé les écuries pour plusieurs semaines. Je selle mon cheval et nous l'enfourchons. Nous nous autorisons une courte pause seulement après avoir franchi les remparts d'Avignon.

– Où m'emmènes-tu, Julie ?

– À Aix-en-Provence, où je te couvrirai de baisers et de calissons.

Nous nous embrassons sur cette promesse. Les flammes de notre passion se ravivent tandis que, derrière nous, s'éteignent déjà celles de l'incendie.

Scène 6

Aix-en-Provence, octobre 1688

Angélique et moi passons une saison en Désirade. Je ne parle pas de l'île de la Guadeloupe, mais de ce pays dans lequel débarquent les personnes qui vivent les premiers jours de leur amour.

Nous louons une chambre dans une auberge relais à la sortie d'Aix-en-Provence.

– Julie, ne risque-t-on pas d'être découvertes si nous restons ici ?

– Nullement. Des années s'écouleront avant que quelqu'un ne retrouve notre trace.

Il aurait été sans doute plus prudent de chevaucher plus loin pour être certaines de ne pas être rattrapées, mais ni moi ni Angélique n'avons envie d'attendre plus longtemps. Nous voulons vivre maintenant, telles que nous sommes, enfin libérées du regard des autres qui nous a trop souvent bridées.

Notre univers se limite aux quatre murs de notre chambre. Pour la première fois depuis l'anniversaire de mes dix-huit ans, j'ai l'impression de reprendre ma respiration. Mon existence n'était depuis cet instant qu'une fuite effrénée aux côtés de Méphisto ou de Séranne, pour croquer la vie comme si le temps allait me manquer. Si Angélique fait battre plus vite mon cœur, elle ralentit également la course du monde pour que je puisse profiter de sa main dans la mienne.

Angélique et moi apprenons à mieux nous connaître pendant ces heures passées à nous aimer. Nous nous découvrons des points communs. Les petits bonheurs quotidiens qui nous émerveillent. Le simple désir d'être libres. Nos parents qui nous entravaient mais qui nous manquent pourtant. Je regrette aujourd'hui d'avoir quitté Paris sans avoir dit au revoir à mon père. Quand le reverrai-je ? En abandonnant ma vie à la Petite Écurie, j'ai renoncé à ce que d'autres portent les conséquences de mes choix. Un poids qui pèse doublement pour les femmes, puisque le monde n'accepte pas que nous vivions par nous-mêmes.

Ces confidences devraient nous rapprocher. Elles nous écartent en fait inexorablement l'une de l'autre. J'ai envie de voyages, alors qu'Angélique ne pense qu'à retourner à Marseille. Je rêve de nouveautés alors qu'elle ne songe qu'au confort de la routine. Puisque ce sont les mots qui nous séparent, nous nous réfugions dans le silence pour nous étreindre tant que nous le pouvons encore.

Je ne suis jamais aussi heureuse que lorsque je prends Angélique dans mes bras, et que nous regardons la forêt depuis notre fenêtre. J'avais des sentiments pour Séranne. J'en ai plus encore pour Angélique. Pourtant, je perçois que cela ne suffira pas à la retenir. Ma belle amante a trop gagné en assurance. Ses yeux s'attardent désormais sur d'autres que moi dans la salle commune de notre auberge. Il commence à pousser à Angélique ces ailes du désir avec lesquelles elle s'envolera bientôt. Mais d'ici là, son dos est contre moi, qui fait battre mon cœur plus fort.

Les semaines s'écoulent sans que nous soyons inquiétées par ceux qui nous pourchassent. Pourtant, nous savons que cette menace se fait plus grande à chaque jour qui passe. Nous songeons à reprendre la route, mais nous renonçons à ce projet. Nous avons trop peur de mettre un terme à ce moment fragile. Si nous partons, la terre recommencera à tourner. Nous souhaitons préserver jusqu'à la dernière seconde l'illusion que notre amour est infini.

– Qu'allons-nous faire, Julie ? De quoi sera fait demain pour nous ?

– Au diable demain ! Seule m'importe la minute qui s'écoule. Profitons de ces soixante secondes de tendresse. Laissons les heures à celles et ceux qui veulent perdre leur temps.

Avec Séranne, j'ai découvert le désir. Avec Angélique, j'entrevois la passion. Celle qui est évidente et nécessaire. Celle qui ne se vit que dans l'instant et sans questions. Celle qui demain, peut-être, sera morte, mais que l'on aura brûlée jusqu'au bout.

Commence ainsi le compte à rebours de nos derniers moments de bonheur. Chaque matin, je tends l'oreille pour vérifier qu'il n'y a aucun bruit de course dans l'escalier ni aucun coup de poing qui tambourine à la porte de notre chambre. Rassurée, je sais alors que notre aventure durera une journée de plus. Aujourd'hui encore, nous sommes libres et heureuses. Aujourd'hui encore, nous sommes invincibles.

Scène 7

Aix-en-Provence, décembre 1688

Nous sommes reprises aux premiers jours de l'hiver.

Les hommes à la solde du père d'Angélique font irruption dans notre chambre quand nous sommes encore enlacées dans le lit. Je n'ai pas le temps d'attraper ma rapière que le premier d'entre eux met la pointe de la sienne sur ma gorge.

– Pas un geste, ou je te transperce.

À son regard gêné, je comprends qu'il ne s'attendait pas à ce que le ravisseur soit une femme. Les trois hommes nous laissent nous habiller avant de m'attacher sur une chaise et de faire asseoir Angélique sur une autre.

L'un de nos gardiens part à cheval pendant que ses comparses nous surveillent. Quelques heures plus tard, nous entendons un carrosse qui s'immobilise sous notre fenêtre. Il est suivi par des pas dans l'escalier jusqu'à notre porte qui s'ouvre avec fracas. Le père d'Angélique apparaît dans l'encadrement.

– Ma fille, je vous retrouve enfin ! Je suis soulagé de vous voir indemne. Je le suis moins, en revanche, de découvrir qui vous accompagne.

Il vient se planter devant moi.

– Peste, démon, diablesse !

– Enchantée. Julie d'Aubigny, pour vous servir, monsieur.

Ni Angélique ni nos geôliers ne peuvent se retenir de pouffer.

– Riez tant que vous le pouvez, madame. Nous verrons quand vous monterez sur le bûcher.

– Faut-il encore que je sois condamnée.

– Oh, mais vous l'êtes !

Il sort une lettre de sa poche qu'il place devant mon nez. Si le texte écrit en pattes de mouche est difficile à déchiffrer, sa conclusion est en revanche sans équivoque : *Le parlement d'Aix-en-Provence condamne sieur d'Aubigny au feu, par contumace.* Que le greffier ait noté *sieur* n'y change rien : c'est bien moi qu'on brûlera.

Mon sourire s'évanouit en même temps que celui d'Angélique.

– Quant à vous, ma fille, je vous renverrais bien au couvent. Mais à quoi bon ? Les ursulines ont été incapables de vous garder la première fois, pourquoi penser qu'elles le feront à l'avenir ?

Il soupire et perd un instant son air sévère.

– Si odieuse que soit votre ravisseuse, sans doute a-t-elle raison sur un point. J'ai été trop dur avec vous. J'aurais dû chercher à vous comprendre. Peut-être n'est-il pas trop tard pour cela. Si je vous jure de mieux vous écouter et de davantage respecter vos choix, promettez-vous de ne plus vous enfuir ?

Angélique se lève et prend la main de son père dans la sienne.

– Je vous le promets.

Un sourire barre les traits fatigués de l'homme.

– Venez, partons à présent.

– Un instant! Ne pouvez-vous rien faire pour Julie?

– Je ne plaiderai pas pour elle. Sa sentence est tombée.

– Laissez-moi au moins le temps de lui faire mes adieux.

Le père d'Angélique se fige pour mieux me jauger. Le poids du regard qu'il pose sur moi est si lourd que je peux le sentir sur mes épaules. L'homme fait finalement trois pas dans ma direction avant de s'immobiliser à nouveau.

– Je ne vous aime pas, madame d'Aubigny. Et, contrairement à ce que vous pouvez dire ou penser, j'adore ma fille. Pour elle – et pour elle seulement –, j'accepte qu'elle vous adresse la parole une dernière fois.

Il se tourne vers Angélique.

– Je vous attendrai devant la porte. Ne tardez pas.

Il sort de la pièce d'un pas lourd. Deux des hommes le suivent pendant qu'Angélique s'accroupit devant moi. Les larmes qu'elle a gardées depuis notre capture se déversent brutalement. Je retiens à peine les miennes.

– C'est ici que se termine notre histoire, Julie.

– Mais quelle histoire! Roméo et Juliette n'en ont pas eu d'aussi belle.

– Tu vas bientôt périr comme eux.

– Je saurai me tirer de ce mauvais pas.

Elle éclate de rire entre deux sanglots.

– C'est ce que j'admire le plus chez toi, Julie. Tu restes désinvolte et confiante en toutes circonstances. Mais, quand tu seras libre à nouveau, ne reviens pas me chercher. Je tiendrai la promesse que j'ai faite à mon père.

J'avais eu beau anticiper depuis longtemps la décision d'Angélique, elle m'afflige davantage que l'annonce de ma mort prochaine.

– Ainsi donc, tout est bien fini entre nous.

– Je prierai pour qu'un ange vienne à ton secours, Julie.

– Je n'en ai connu qu'un seul, et c'était toi. Mais qui sait ? Un diable me sauvera peut-être du bûcher ?

– Blasphématrice jusqu'au bout. Adieu.

Nous nous embrassons. Quand elle quitte la pièce, j'ai le cœur plus serré que les liens qui retiennent mes poignets. Je l'entends descendre l'escalier puis monter dans le carrosse avant qu'il ne s'éloigne. Me voilà seul à seul avec le dernier de mes geôliers. L'homme trapu me dévisage un instant.

– Nous avons fait prévenir la maréchaussée. Elle ne devrait plus tarder.

Il se poste à la porte, qu'il garde ouverte pour m'avoir à l'œil. Je teste mes attaches qui tiennent bon. La corde est cependant un peu lâche. Mes ravisseurs ont sans doute hésité à ligoter trop fort une femme. Avec de la patience et du temps, je pourrais me libérer. Faut-il encore que je le fasse discrètement, pour ne pas attirer l'attention. J'y suis presque parvenue quand des pas montent l'escalier puis se rapprochent de la chambre. J'enrage. Quelques minutes de plus, et j'aurais pu tenter une évasion.

La personne s'arrête dans le couloir, en dehors de mon champ de vision.

– Bonjour, mon fils. J'ai eu vent qu'une âme perdue était entre ces murs. Je viens la voir.

L'homme s'incline humblement.

– Je vous en prie, mon père.

Il s'adresse ensuite à moi.

– Tu as de la visite.

Le garde s'efface pour laisser apparaître un Méphisto en coule brune de moine, la capuche sur la tête et un crucifix en bois autour du cou. Je ne peux retenir un cri de surprise.

– Non !

Mon geôlier, méprenant ma confusion pour une impiété de plus, lâche un reniflement dédaigneux. Méphisto passe devant lui.

– Mon brave, si nous pouvions avoir un peu d'intimité dans le cas, fort peu probable, où la pécheresse souhaiterait se confesser…

Le garde acquiesce avec respect et se met en retrait. Le Diable s'arrête devant moi, fermement campé sur ses sandales.

– Qu'est-ce donc que cette tenue, Méphisto ? Je croyais que le sacré vous était intouchable !

– Une règle qui ne vaut que pour les lieux saints. Les bures sont comme les croix. Elles me grattent la peau autant qu'un tissu trop rêche, mais guère plus.

– Encore un mensonge de l'église.

– Ce n'est pas le seul. Apprenez que, face à un vampire, il est inutile de croquer de l'ail pour s'en prémunir. Cela ne vous empêchera pas d'être vidée de votre sang, mais vous empuantira la bouche assurément.

– C'est un moindre mal, face à la mort.

– Détrompez-vous : on passe l'éternité avec l'haleine de son trépas.

– Pourquoi les prêtres nous taisent cela ?

– Tout simplement parce qu'ils l'ignorent.

– J'imagine, Méphisto, que vous n'êtes pas venu me trouver juste pour m'expliquer comment affronter les fantômes et autres loups-garous.

– En effet. Je voulais m'entretenir avec vous.

Il rapproche la chaise abandonnée par Angélique pour y prendre place. J'en profite pour tirer un peu plus sur mes liens pendant que le garde ne me regarde pas.

– On peut dire que vous n'avez pas volé votre condamnation, Julie.

– De quoi m'a-t-on accusée pendant le procès ?

– Oh, de trois fois rien : d'enlèvement de novice, de vol de cadavre, d'incendie de couvent et de non-comparution au tribunal.

– Pour ce dernier crime, encore aurait-il fallu que l'on m'invite.

– Vous vous plaindrez auprès du juge qui ordonnera au bourreau d'allumer votre bûcher. Ça va me rappeler de mauvais souvenirs. Il y a longtemps, j'avais rencontré une pucelle, Jeanne, qui a brûlé.

– Par votre faute ?

– Un peu. Je m'étais amusé à parler dans sa tête en me faisant passer pour *l'autre.* Comment pouvais-je deviner qu'elle me croirait vraiment quand je lui disais qu'elle devait libérer le royaume de France ? Après ça, impossible de la convaincre du contraire. Mais bon, c'est du passé. Avez-vous un plan pour vous évader, Julie ?

– J'espérais un peu que vous étiez là pour ça.

– En effet, mais vous connaissez déjà la chanson…

Le voilà qui sort son maudit contrat de la manche de sa

robe. Je continue à me démener, et mes mains glissent peu à peu.

– Je vous proposerais bien de le lire, Julie, mais le temps vient à manquer. Une signature, et je vous fais libérer.

– Celle de mon mariage était déjà de trop. Pourquoi recommencerais-je une telle folie ?

– Parce que vous n'avez pas vraiment le choix. Allez, finissons-en. Votre âme, je vous prie.

– J'ai une meilleure idée. Vous allez m'aider sans contrepartie.

Mes poignets se libèrent enfin. Mes geôliers me pensent à ce point inoffensive qu'ils n'ont pas pris la peine de ramasser ma rapière, qui traîne toujours au pied du lit. D'une main j'attrape l'arme ; de l'autre, je saisis Méphisto et lui glisse la lame sous la gorge.

– Julie, que faites-vous ?

– Je vous prends en otage. Avancez, ou ce sera votre sang qui couvrira ce contrat.

Le garde, alerté pas le bruit, apparaît à la porte. Son visage se décompose quand il comprend la situation.

– Mon père…

– Ne tentez rien ! Cette femme est possédée par le démon – et j'en sais quelque chose. Lâchez votre arme et laissez-nous passer !

L'homme s'exécute rapidement. Je prends le temps de l'assommer d'un coup de pommeau entre les yeux. Je nous fais ensuite reculer à nouveau dans la chambre pour récupérer mon sac et mon argent, puis presse le Diable jusqu'aux écuries où je le libère enfin.

– C'est ici que nos chemins se séparent, Méphisto.

– Que nenni ! Vous ne vous débarrasserez pas de moi aussi aisément.

– Comme il vous plaira.

Je détache mon cheval.

– Où est le vôtre, Méphisto ?

– Je n'en ai point.

– Prenez celui du garde. Cela évitera qu'il nous donne la chasse à son réveil.

– Mais ce serait un vol, Julie !

Devant ma mine interdite, le Diable éclate de rire.

– C'était une boutade.

Nous quittons bien vite l'auberge pour regagner la route principale.

– Où partons-nous cette fois, Julie ?

– Les villes du Sud ne m'ont pas réussi. Allons voir si plus haut la chance me sourit davantage.

Nous lançons nos montures dans le froid de l'hiver. Ainsi reprend ma chevauchée avec le Diable.

Acte III

Tracer son chemin

Méphistophélès

Julie, j'ai délaissé mon habit de curé.
Mais à qui, dites-moi, vous fais-je ainsi penser
Avec ma veste bleue bordée de ruban blanc,
Et mon chapeau planté de plumes de faisan ?

Julie

Au *Bourgeois gentilhomme* de Monsieur Molière ?

Méphistophélès

C'est une comédie que je n'apprécie guère.
Je préfère *Tartuffe* avec son faux dévot
Qui se moque de Dieu, et a le dernier mot.

Julie

Oh, je l'ai vu jouer. Vous vous trompez, je crois,
Car le dévot perd tout démasqué par le roi.

Méphistophélès

Pas dans sa version *Tartuffe l'hypocrite.*
Mais la fin de la pièce a été réécrite,
Car ce récit du roi indisposait l'humeur
Et fut donc renommé *Tartuffe l'imposteur.*

Julie

J'ignorais, Méphisto, que sur l'art du théâtre
Vous étiez expert et saviez débattre.
Revenons à présent à notre grand trajet.
Si vous avez, pour sûr, de quoi le financer,
Je n'ai pas, Méphisto, le quart de votre argent.
Il me faudra payer mon voyage autrement.

Méphistophélès

Oh, mais pour vous, Julie, je partage mon or.

Julie

Grand merci, Méphisto, mais je décline encore.
Je chanterai plutôt pour payer mon couvert.
Et assez bavardé, préparons nos affaires.

Scène I

Limoges, janvier 1689

Nous voyageons d'auberge en auberge pendant tout l'hiver. Nous remontons vers le nord-ouest jusqu'à Millau, où nous passons le Nouvel An. Nous y mangeons fort bien, à commencer par le fameux aligot que le Diable s'empresse de me faire goûter.

– Saviez-vous, Julie, que ce sont des moines qui ont inventé ce plat pour nourrir les pèlerins sur les chemins de Compostelle ? Entre ça, la bière et les liqueurs, je me dis parfois que je pourrais sans mal convertir les religieux à ma cause, puisqu'ils œuvrent déjà grandement pour mon péché de gourmandise.

Nos repas aveyronnais sont pour Méphisto et moi autant d'occasions de partager de longues discussions. En cette période de Noël, la religion revient souvent dans nos débats.

– Franchement, Julie, la Vierge Marie, vous y croyez vraiment ?

– Pourquoi pas ? Vous existez bien, vous, après tout.

– Moi, c'est différent. Cette histoire vient d'une erreur de traduction de l'ancien Testament : *Almah*, ça veut dire « jeune femme » en hébreu, et non « vierge ». C'est pareil pour Jésus, il aurait dû s'appeler Emmanuel, comme le prophète Ésaïe l'avait prédit*.

– Quel que soit son nom, reconnaissez, Méphisto, qu'il a bien su résister à toutes vos tentations.

– Oh, je me suis joué du fils de Dieu plus d'une fois, croyez-moi. Mais, curieusement, vous n'en trouverez aucune trace dans le Nouveau Testament.

– À vous entendre, Méphisto, on aurait censuré la Bible.

– Mais bien sûr, Julie ! Ayez donc un peu moins d'esprit saint, et davantage d'esprit critique. Ne dit-on pas que ce sont les vainqueurs qui écrivent l'histoire ? Entre le concile de Nicée et celui de Rome, les papes successifs ont choisi les Livres qui allaient constituer les canons des deux Testaments – et fait en sorte d'écarter les versions qui ne les arrangeaient pas.

Il finit une bouchée de roquefort avant de se pencher par-dessus la table pour murmurer d'un air conspirateur :

– Heureusement, j'ai gardé des copies des textes apocryphes, que j'ai cachées du côté de la mer Morte. Je vous les rapporterai à l'occasion pour que vous puissiez les lire, notamment l'Évangile de Judas. Croyez-moi, dans celui-là, Jésus ne tend pas toujours l'autre joue quand quelqu'un le gifle…

Nous nous réconcilions quand arrive la fouace à la fleur d'oranger en dessert.

– Rentrons-nous à Paris, Julie ?

– Poursuivons encore un peu avant de remonter.

J'ai beau le taire à Méphisto, je repense parfois encore à Angélique. Ce voyage atténue l'amertume accrochée à ces agréables souvenirs. Nous trottons en direction de Poitiers, dont nous voulons faire notre prochaine halte.

–Vous semblez bien pensive, Julie.

– Limoges n'est pas si loin.

– Il n'y a rien d'intéressant, à part de la porcelaine et un vin qui ne doit rien à celui de Bordeaux.

– Il y a également monsieur Maupin.

– Ne me dites pas que vous vous découvrez soudainement de l'affection pour lui ?

Je me sens en vérité moins amoureuse que coupable. J'ai envoyé mon mari à Limoges pour gagner ma liberté. Je regrette aujourd'hui de lui avoir fait subir cet exil. Je veux savoir s'il n'est pas trop malheureux à cause de moi.

–Je parle simplement de faire un détour, Méphisto.

Le Diable y consent de mauvaise grâce. Nous dévions notre route pour atteindre Limoges, qui est cernée de vignes ainsi que d'un nombre incroyable de couvents et d'églises.

–J'ignorais que cette ville était si versée dans la religion, Méphisto.

– Moi aussi, sinon je n'aurais jamais accepté d'y venir. Retrouvons votre monsieur Maupin et repartons au plus vite. Toute cette sainteté me démange déjà la peau.

Nous longeons la Vienne jusqu'aux portes de la cité. Limoges est grouillante de vie et de commerces. Je suis surprise d'y voir essentiellement des bâtiments de bois et de terre. Nous avançons sur une chaussée mouillée. Quand nous interrogeons les badauds, ils nous expliquent que les fontaines sont ouvertes deux fois par semaine pour nettoyer les rues. Nous arrivons, bottines trempées, à l'auberge du Cheval blanc.

– Je vous préviens, Julie, je passe ici une nuit, pas une de plus.

J'abandonne mon compagnon dans sa chambre pour aller troquer mes habits de voyage contre une robe.

Me voilà repartie dans les rues humides de Limoges. Je contourne l'imposante cathédrale Saint-Étienne qui, bien que toujours en construction, est l'un des rares édifices en pierre de la cité. J'arrive enfin au bâtiment des Aides, dans lequel je m'engouffre aussitôt. L'homme au comptoir me sourit.

– Bonjour, madame. Que puis-je faire pour vous ?

– Bonjour. Je cherche monsieur Maupin.

– Je vais le faire prévenir. Qui dois-je annoncer ?

– Son épouse.

Un discret haussement de sourcils trahit l'étonnement de l'agent. Il s'exécute sans délai et revient prestement, suivi par un monsieur Maupin plus joyeux et bedonnant que jamais. Il se saisit de ma main pour la baiser avec douceur.

– Julie, vous ici ! Quelle belle surprise ! Que me vaut ce plaisir inattendu ?

– La vie et ses petits imprévus.

Monsieur Maupin reporte tous ses rendez-vous pour ne se consacrer qu'à moi. Nous faisons une promenade le long de la rivière, pendant laquelle il me narre en détail son installation : sa prise de poste mouvementée, ses amis de billard, ainsi que le récent club de jeu de mail qu'il a monté et qui lui a permis d'initier nombre de ses collègues. Monsieur Maupin n'a pas changé, jusqu'au rouge qui envahit son visage quand je l'attrape par la taille pendant notre marche.

Je lui raconte à mon tour mon voyage entre Paris, Marseille et Limoges, en passant sous silence mes aventures amoureuses avec Séranne et Angélique, ainsi que ma condamnation par le tribunal d'Aix-en-Provence.

– Quelle chance vous avez de pouvoir parcourir ainsi le pays, Julie ! Mon travail occupe toutes mes journées.

– Êtes-vous heureux, ici ?

– Je le serais davantage si vous y étiez avec moi. Mais vous avez eu raison de m'y envoyer, Julie. Limoges est faite pour moi. Je m'y sens bien.

– Alors, vous m'en voyez enchantée.

Nous continuons à palabrer. Monsieur Maupin se désole que je ne reste pas en ville plus d'une journée. J'accepte cependant de descendre chez lui – chez *nous* – pour la nuit. Ravi, il s'empresse de commander à la cuisinière les spécialités locales. Je souris. Il s'entendrait à coup sûr avec Méphisto pour ce qui est de la gastronomie.

Monsieur Maupin, le nez dans son fromage blanc, m'avoue alors l'étonnante mésaventure qu'il a subie.

– J'ai reçu il y a quelques semaines une convocation du tribunal. Quand je m'y présente, on m'avertit qu'un monsieur d'Aubigny est condamné pour avoir mis le feu à un couvent d'Avignon, après en avoir soustrait une de ses novices ! Le juge a fait le rapprochement avec votre nom de famille. Comme il ne vous trouvait pas, il s'est tourné vers moi pour savoir si quelqu'un de votre parenté pourrait être responsable de ces odieux forfaits. Je lui ai tout de suite assuré que je ne vous connaissais aucun cousin qui réponde à cette description. Car enfin, Julie, de telles horreurs, seule une personne insensée peut en être l'auteur ?

Je lui offre un sourire un peu crispé.

– Assurément.

– C'est un de vos homonymes qui aura fait ce mauvais coup. Qui aurait cru, Julie, que vous ayez un double maléfique ?

Je détourne la conversation sur d'autres sujets. Nous voilà à parler de musiques sacrées – les nombreuses églises de Limoges ne manquent pas d'en jouer –, puis de littérature. Monsieur Maupin me détaille avec passion ses dernières lectures. Il insiste même pour me donner quelques-uns de ses livres.

– Ainsi, c'est un peu de moi qui voyagera à vos côtés, Julie.

Nos discussions se poursuivent tard dans la nuit. Quand la fatigue nous rattrape enfin, nous allons nous coucher chacun dans notre lit. Je m'endors, bercée par cette agréable soirée autant que par la nostalgie que ces retrouvailles ont ravivée. Encore une fois, les Petites Écuries, mon père et les entraînements avec maître Liancourt me manquent davantage que je ne le pensais.

Le lendemain, je prends congé dès mon réveil.

– Vous reverrai-je bientôt, Julie ?

– Je ne suis pas certaine de revenir à Limoges. Je retourne à Paris.

– Si je rentre un jour à la capitale, peut-être ?

– Ce sera avec plaisir que je vous y accueillerai.

Nous nous prenons dans les bras. Monsieur Maupin n'arrive pas tout à fait à dissimuler la peine qui lui serre un instant le cœur. Je lui envoie un baiser de la main depuis le carrosse qui me ramène au Cheval blanc.

J'y retrouve Méphisto qui s'exerce à l'épée dans la cour arrière de l'auberge.

– Ma soirée était gourmande, Julie. Et la vôtre ?

– Copieuse en bons moments.

– Comment se sent monsieur Maupin ?

– Heureux.

– Alors, vous voilà rassurée. Et nous, nous pouvons quitter cet endroit.

Je remets mes habits de voyage pendant que le Diable fait préparer nos montures. Nous laissons bien vite Limoges derrière nous. Je pose mes doigts sur la sacoche de selle dans laquelle j'ai glissé les cadeaux de monsieur Maupin. Si le contrat que nous avons signé n'a aucune chance de nous transformer jamais en époux, ces livres-là font en revanche de nous de véritables amis.

Scène 2

Poitiers, avril 1689

Nous faisons une halte sur le bord de la route pour profiter des beaux jours du printemps. Me voilà confortablement installée sous un arbre dont je peux entrevoir les premières feuilles. Je commence un des ouvrages que monsieur Maupin m'a offerts.

– Que lisez-vous, Julie ?

– *L'Histoire comique des États et Empires de la Lune*, de Cyrano de Bergerac. Un roman dans lequel le héros tente de rejoindre les astres.

– Oh, ce n'est pas une fiction, mais un récit véritable ! C'est même moi qui ai aidé Cyrano à revenir sur terre, vous verrez.

– Merci de m'avoir gâché la fin, Méphisto.

– Les femmes et les hommes ne devraient pas chercher à gagner les étoiles. C'est une évidence : l'être humain n'est pas fait pour s'élever…

– … dit le démon qui du ciel a chuté.

Le Diable, vexé, me laisse enfin à ma lecture. Je m'envole alors bien vite aux côtés de Cyrano, à l'aide de fioles de rosée et d'une fusée mécanique.

Nous atteignons Poitiers avant que la nuit ne tombe tout à fait. Méphisto et moi sommes éblouis par ce que nous découvrons derrière les hauts remparts qui la protègent. De somptueux hôtels particuliers, le palais des comtes, l'amphithéâtre romain et le dolmen de la Pierre levée ne sont que quelques-unes des splendeurs qui se dévoilent à nous.

Nous traversons le jeu de paume jusqu'aux Armes de France, où l'aubergiste nous fait un chaleureux accueil. L'endroit est bondé, aussi notre hôte nous fait-il patienter plusieurs minutes avant de nous conduire à nos chambres. Le personnel est trop débordé pour me préparer un bain. Je me contente d'un broc d'eau chaude pour nettoyer la crasse que j'ai accumulée pendant les derniers jours de trajet. Je délaisse enfin ma tenue de voyage pour passer celle de bretteuse. Je me contemple, satisfaite, dans le petit miroir rond que j'ai tiré du fond de mon sac.

Je redescends dans la salle commune, où les clients sont encore plus nombreux qu'à mon arrivée. Méphisto a quand même réussi à nous dénicher deux places proches de l'entrée. Je vais le rejoindre et m'installe à la table que nous partageons avec un homme qui ne doit pas en être à son premier pichet. Nous en commandons un à notre tour.

– À nos nouvelles aventures poitevines, Méphisto.

– À nos futures découvertes gustatives, Julie.

Dès la première gorgée, le visage du Diable se plisse en une grimace.

– On qualifie cette boisson de « petit vin ». Je parlerais plus volontiers de « grand vinaigre ».

– Vous êtes dur, Méphisto. Je ne le trouve pas si infect que ça. Tous les nobles à la cour d'Angleterre en raffolent.

– Si les Anglais ont indéniablement bon goût pour leurs poètes, on ne peut pas en dire autant pour leur gastronomie. Je leur cède bien volontiers tout ce vignoble – et à vous, la fin de mon verre.

Le Diable passe une nouvelle commande. Notre compagnon de table lui propose de partager son vin en attendant que le sien arrive.

– Vous me sauvez, l'ami… si vous me promettez que votre propre pot ne contient pas, lui aussi, de cette mixture poitevine.

– Rassurez-vous, c'est un bergerac.

– Tout va bien, alors. Méphisto, pour vous servir, et voici Julie. Qui dois-je remercier ?

– Maréchal.

L'homme qui trinque avec Méphisto semble avoir une cinquantaine d'années. Son âge exact est difficile à définir, car la couleur empourprée de son visage trahit ses excès réguliers de boisson. Il est étrangement vêtu d'un justaucorps de couleur bleu délavé sur lequel subsistent des reliquats de broderies élimées par de trop nombreux nettoyages.

– Êtes-vous poitevin, Maréchal ?

– Oui, j'y suis né. J'y ai grandi en même temps que j'ai vu ma ville décliner. Ah, si vous l'aviez connue du temps de ma jeunesse ! Quelle beauté. Et quelle puissance !

Il nous explique que Poitiers était il y a trente ans encore une importante cité administrative, qui abritait les bureaux des

Finances et de l'Intendance. Son prestige et ses établissements attiraient les officiers et les universitaires de renom.

– Mais évidemment, cela n'a pas plu à tout le monde. Le Roi-Soleil n'aime d'éclat que le sien.

Louis XIV a pris des dispositions pour limiter l'aura de Poitiers. Rappelée à l'ordre par le pouvoir monarchique, la ville a perdu peu à peu son dynamisme. Quand est venu le temps des Lumières, elle est restée dans l'ombre de la foi. Ces dernières années ont vu monter l'influence du clergé, mené par les pères jésuites. La tristesse envahit le visage de Maréchal.

– Poitiers a renoncé à la modernité au profit de Dieu et du roi.

Méphisto affiche une mine dégoûtée.

– Encore une ville gâtée par les curés. Buvons pour oublier !

Pendant que mes deux compagnons poursuivent leur conversation, je reporte mon attention sur l'aubergiste, qui s'apprête à faire une annonce.

– Mesdames, messieurs. Je dois malheureusement vous informer que ce soir il n'y a aura pas de spectacle. Le chanteur est indisposé.

Des murmures de déception s'élèvent de part et d'autre de la salle. Je me lève brusquement.

– Que diriez-vous d'une chanteuse pour le remplacer ?

Quelques vivats enthousiastes se font aussitôt entendre. L'aubergiste détaille ma tenue de bretteuse d'un œil circonspect, avant de finalement décider que je suis bien une femme.

– Pourquoi pas, madame.

– N'ayez crainte. Ce soir, prenez-moi à l'essai, je me

contenterai du chapeau. Demain, si ma voix vous a plu, nous parlerons de mon cachet. L'affaire est-elle conclue ?

L'homme ne peut refuser cette offre qui ne lui coûte rien. Il la saisit en même temps que la main que je lui tends. Je me faufile entre deux jeunes amoureux pour grimper sur leur banc puis sur leur table. J'attends que le silence se fasse avant de me mettre à chanter.

Ces derniers mois de voyage m'ont permis de peaufiner ma voix autant que mon jeu de scène. J'ai appris à sentir le public, à capter son attention et à émouvoir son cœur. Je profite de cette soirée pour essayer quelques airs que j'ai moi-même composés, et dont j'ai écrit les paroles. La chanson qui reçoit le plus d'applaudissements est celle inspirée de ma rupture avec Angélique. Les mots ne sont jamais aussi sincères que lorsqu'ils parlent de vous-même.

Ma représentation, tout improvisée qu'elle soit, remporte un vif succès. Les bravos sont nombreux. Les pièces s'accumulent dans mon couvre-chef. Je rejoins finalement la table de mes compagnons, où le patron de l'auberge m'attend déjà.

– J'espère que vous nous ferez l'honneur de rejouer ici demain.

– Pourquoi pas, si la paye est bonne.

Nous nous entendons rapidement sur un tarif. En plus de mes émoluments, le tavernier m'offre le gîte et le couvert, contre six représentations en soirée par semaine. L'affaire conclue, je me tourne vers mes compagnons.

– Comment avez-vous trouvé ma performance, Méphisto ?

– Diablement bien.

– Et vous, Maréchal ?

– C'était un bon spectacle, Julie. Vous avez du talent et une belle voix. Si vous la travailliez davantage, vous pourriez gagner en tessiture et en justesse.

–Vous semblez vous y connaître en musique.

– Il le faut bien. Je suis comédien.

Je comprends alors son étrange mise. Maréchal porte un costume de scène. Sa carrière doit être bien mal en point pour qu'il en arrive à une telle extrémité.

–Vous jouez au conservatoire de la ville ?

– C'était le cas jusqu'à il y a peu. Et puis…

Il fixe son verre, un peu honteux. Je termine sans mal sa phrase : *et puis d'aimer plus la bouteille que le théâtre m'a valu d'en être expulsé.* Je me vois un instant à sa place, de trente ans plus vieille, à me démener pour trouver des rôles face à des rivales et des rivaux tous plus jeunes et plus beaux que moi. Ne serais-je pas moi aussi tentée de plonger dans l'alcool pour oublier ?

– Ainsi, vous êtes libre de tout engagement, Maréchal.

– En effet.

– Apprenez-moi le chant, si vous le voulez bien. Je vous payerai, bien entendu.

L'homme redresse brusquement la tête, surpris.

– Ce sera avec grand plaisir. Merci.

Nous échangeons une poignée de main vigoureuse pour sceller notre accord. Un sourire remplace maintenant la gêne sur le visage de Maréchal. Il vient de retrouver sa dignité, et moi, un maître à chanter.

Scène 3

Poitiers, septembre 1689

Imaginions-nous, Méphisto et moi, rester à Poitiers presque une année entière ? Certainement pas. Nous voilà à passer trois saisons dans la capitale du Poitou, là où nous ne songions nous attarder que trois semaines.

L'aubergiste des Armes de France voit ses recettes augmenter avec mes prestations musicales. C'est avec joie qu'il nous cède gracieusement la petite salle du fond pour mes cours. Je m'y consacre de deux à quatre heures par jour, en matinée.

J'avais les bases du chant. Maréchal renforce ma technique et, surtout, ma rigueur, que les mois passés au côté du Diable ont quelque peu émoussée. Sous ses airs avinés, il se révèle un maître aussi compétent qu'exigeant. Respiration, attaque des notes, perfectionnement de la diction… Nous abordons toutes les facettes de cet art.

Nos cours commencent invariablement par des exercices de descente et de montée en gamme.

– Encore une fois, Julie.

– Je crois que ma voix est assez échauffée, Maréchal.

– Je pense au contraire qu'elle ne l'est pas assez. Et c'est *maître,* quand nous travaillons. Vous prenez cet échauffement trop à la légère, Julie, alors qu'il est primordial. Je vous le redis : vous ne devez jamais monter sur scène sans être pleinement préparée. Comment tenir pendant tout un opéra, sans cela ?

– Je l'ai fait, quelques fois.

– Et vous avez ainsi fatigué inutilement vos cordes vocales. Il faut les laisser reposer au minimum sept heures après chaque représentation, pour ne pas forcer dessus, et bien les hydrater en buvant régulièrement toute la journée.

– Ce dernier conseil est bien le seul que vous suiviez vous-même, *maître.*

– Au travail, insolente.

Malgré nos altercations quotidiennes, nous nous prenons d'amitié l'un pour l'autre. Je lui donne une version de mes aventures un peu moins censurée que celle que j'ai pu offrir à monsieur Maupin. Je lui raconte ma fuite avec Séranne puis avec Angélique. Je fais de notre départ précipité d'Avignon une question de duel plutôt que d'incendie de couvent. Quant à Méphisto, il devient mon compagnon de route dès le début de mon périple.

– Julie, cette Angélique dont vous me parlez tant, vous y pensez encore, n'est-ce pas ?

– Oui.

– C'est donc que vous l'aimiez.

– Un peu, sans doute. Et vous, avez-vous connu l'amour ?

– À la folie.

Il m'offre son histoire en retour. Si elle est moins mouvementée que la mienne, elle n'en reste pas moins émouvante.

Maréchal se marie à une jeune actrice de vingt ans comme lui avec qui il partage la scène pendant une décennie.

– Nous jouions aussi bien les textes de Racine que les farces de la *commedia dell'arte*. Croyez-moi, Julie, mon épouse faisait une Zerbinette pétillante et brillante, à nulle autre pareille. Mais malheureusement, ma propre vie tient plus d'une tragédie de Shakespeare que de ses comédies.

Ils désirent tous les deux avoir des enfants, mais le destin ne leur en offre aucun. Il leur reste leur amour et le théâtre, qui les emmène sur les routes à travers toute l'Europe. Leur troupe donne des représentations à Londres quand la ville est frappée par la peste. La maladie emporte Zerbinette. Arlequin rentre seul à Poitiers pour y noyer son malheur.

– La boisson est une maîtresse qui ne m'a plus quitté depuis. C'est peut-être pour cela que je n'ai eu personne d'autre dans ma vie. Ce n'est pas que je sois vide d'amour, Julie. C'est simplement que je ne supporterais plus d'être rempli de chagrin une seconde fois.

Les années qui coulent autant que le vin nuisent de plus en plus à Maréchal. Il travaille au théâtre de Poitiers jusqu'à ce que le directeur, lassé de ses excès, le congédie définitivement.

Je pose une main sur son bras pour le réconforter.

– Vous avez une élève maintenant. Vous voilà professeur.

– Mais pour combien de temps ? Un jour, vous repartirez. Que me restera-t-il, alors ?

Je ne trouve pas les mots pour le consoler.

Le Diable vient un matin me prévenir qu'il s'en va sous peu à Paris pour y régler une affaire d'importance.

– Méphisto, pourriez-vous porter un message à mon père, je vous prie ?

– Je devrais vous faire signer un contrat, mais pour si peu, nous nous en passerons cette fois.

Je le remercie et vais rédiger la lettre. Je reste longtemps la plume levée, ne sachant ce que je dois révéler à mon père et ce que je dois lui cacher. Je me décide finalement à tout lui raconter.

À peine ai-je remis le courrier à Méphisto que le voilà déjà parti pour la capitale. Mes cours m'aident à patienter pendant son absence. Maréchal me corrige, imperturbable, et m'apprend à détendre mon diaphragme. Mon maître s'investit désormais totalement dans mon enseignement pour ne penser à rien d'autre qu'au présent.

Méphisto revient quelques semaines plus tard en sifflotant joyeusement.

– J'ai bien remis votre missive à votre père.

– Comment se porte-t-il ?

– Il allait bien, enfin, jusqu'à ce qu'il prenne connaissance de votre lettre. Son contenu semble l'avoir quelque peu inquiété.

–Vous a-t-il transmis une réponse ?

Le Diable fait apparaître un courrier dans sa main.

– La voici, Julie.

J'ouvre immédiatement l'enveloppe. Revoir cette écriture familière me réconforte aussitôt. Mon père me remercie de lui avoir donné des nouvelles. Il est heureux pour moi de mes aventures avec Séranne et avec Angélique. Je devine entre les lignes qu'il m'envie même un peu, lui qui ne s'est jamais rien autorisé d'autre que ce que la bienséance lui commandait. Comment avons-nous fait pour bâtir une société qui exalte moins le désir des gens que le respect de ses lois ?

Mon père est en revanche inquiet pour la condamnation à mort qui plane sur ma tête. À ma demande, il n'interviendra cependant pas dans cette affaire dont je souhaite me sortir par moi-même. Il conclut sa lettre en disant que, s'il ne comprend ni n'approuve tous mes choix, il me soutiendra toujours, quoi que je fasse.

Je voudrais qu'il soit là en cet instant pour le prendre dans mes bras. Sa confiance m'aide à affronter la vie plus que toutes les rapières que j'ai pu manier.

Je range l'enveloppe, apaisée.

– Merci, Méphisto, de m'avoir rendu ce service.

– Je vous en prie, Julie. Mais je reste Satan, maître des enfers, seigneur des ténèbres, et pas un simple coursier des postes royales. Aussi, la prochaine fois, tâchez de trouver quelqu'un d'autre pour acheminer votre courrier.

– Promis. De votre côté, qu'en est-il de votre affaire, Méphisto ? À voir votre mine réjouie, je soupçonne que tout s'est bien passé à la capitale.

– Merveilleusement bien ! J'ai pu m'introduire dans le cabinet militaire du roi pour y donner mon avis. J'ai su être convaincant : nous voilà à nouveau en conflit contre l'Espagne ! Comme Marie II et Guillaume III ont eux aussi déclaré la guerre à la France, cette dernière se trouve maintenant seule contre l'Espagne, le Saint-Empire romain germanique, les Provinces-Unies, la Savoie et l'Angleterre.

– Vous provoquez des massacres et vous en êtes fier ?

– Ne m'imputez pas tous les torts, Julie. Vos dirigeants s'apprêtaient à se lancer dans ce conflit sans mon aide. Je n'ai fait qu'accélérer les choses. L'humanité n'a aucune leçon à prendre de l'enfer. Elle ne connaît que la mort et la violence.

Je pose ma main sur la lettre glissée dans ma poche, repense fugacement à Angélique.

–Vous vous trompez, Méphisto. Le monde n'est pas si cruel. Nous pouvons encore le changer.

Scène 4

Poitiers, novembre 1689

L'annonce de la guerre avec l'Espagne se répand jusqu'aux tables des Armes de France. Les clients s'inquiètent, s'offusquent, débattent, se querellent puis trinquent finalement pour se rassurer. Mon maître de chant est sobre quand il donne ses cours. Le reste du temps, il commande pichet sur pichet, jusqu'à ce que le sommeil vienne à bout de lui.

– Boire pour oublier, je le comprends, Maréchal. Mais à ce point, c'est vouloir se suicider.

– Pourquoi pas ? À qui manquerai-je quand je ne serai plus là ?

– À moi.

Ses yeux retrouvent un instant leur éclat. Il m'offre un sourire aussi amer que les regrets qui le rongent.

– Julie, pourquoi ne vous ai-je pas rencontrée plus tôt ?

– Il est encore temps d'arrêter.

Je sens Maréchal hésiter. Puis sa main répète le geste trop de fois accompli de saisir le verre et de le vider. Mon cœur se serre quand il détourne de moi son regard embué de larmes.

Maréchal perd de plus en plus ses mots et la cohérence de

ses phrases. Je le regarde, impuissante, glisser dans la déchéance. Il y sombre d'autant plus vite que le Diable n'hésite pas à lui offrir à boire.

– Vous tuez Maréchal, Méphisto.

– Encore une fois, Julie, il y arrive très bien tout seul. Ce n'est pas moi qui suis responsable de son agonie.

– Alors qui ? Le malheur qui l'a frappé, et dont il ne s'est jamais remis ?

– La vie, tout simplement, Julie. Pour certains et certaines, elle est trop lourde à porter, surtout quand elle recouvre trop tôt vos épaules du manteau du deuil.

Le voir décliner de jour en jour m'est insupportable. Je ne veux pourtant pas l'abandonner.

– Arrêtez de vous accabler ainsi, Maréchal. Si vous ne le faites pas pour vous, alors faites-le pour moi.

– Il est trop tard, Julie.

J'essaye de l'empêcher de boire, mais sa main me repousse avec une violence inédite. Il a perdu le contrôle de lui-même, et moi, le combat pour tenter de le sauver de sa propre destruction.

Après le désir avec Angélique, j'apprends la mort dans les yeux de Maréchal. Je sais à présent qu'elle est inévitable, non pas parce qu'elle est écrite, mais parce que mon maître de chant l'a lui-même décidé. Je ne peux plus rien y changer. Reconnaître mon impuissance me broie le ventre.

Je fais alors en sorte de ne plus croiser Maréchal que pour nos cours. Je renonce à participer aux soirées autrement que pour venir y chanter. Sitôt ma leçon terminée, je l'abandonne à sa bouteille pour aller retrouver ma rapière. Maréchal plonge au fond de son verre, et moi la lame en avant pour percer un adversaire imaginaire. Nous traçons ainsi, chacun à notre façon, notre chemin vers l'oubli : lui dans l'alcool, et moi dans le fer.

Je fais des progrès de plus en plus notables en chant. Même si j'ai travaillé avec assiduité, je sais pertinemment que c'est à Maréchal que je les dois. Puis, au premier jour de décembre, il m'annonce que nos cours touchent à leur fin.

– Neuf mois ensemble, Julie. Vous avez maintenant accouché du plus beau des enfants : le talent.

– C'est aussi un peu le vôtre, Maréchal. Je n'en veux pas d'autres. Merci pour tout ce que vous m'avez enseigné.

Il me sourit, l'œil humide. Il redevient un instant l'homme timide de notre première rencontre.

– C'est moi qui vous suis redevable, Julie. Je vous ai appris le chant ; vous m'avez appris la liberté. Je vous envie, sans doute parce que moi, je n'ai jamais eu le courage de m'emparer de la mienne.

À partir de ce jour, Maréchal se met à boire davantage encore. Je vois le comédien s'effacer lentement. Puis, au solstice d'hiver, il disparaît définitivement, éclipsé par ce fou que l'alcool a fait jaillir. Je dépense alors une partie de mes cachets pour le faire interner à l'asile.

– Pourquoi pleurez-vous, Julie ?

– Parce que j'ai perdu un ami, Méphisto.

– Pourtant, il n'est pas encore mort.

– Même les fantômes, du fond de leurs tombes, se souviennent de nous. Maréchal s'est oublié, et m'a oubliée avec lui.

Rester à Poitiers m'est devenu impossible. Nous quittons la ville le jour du Nouvel An. J'abandonne derrière moi ces semaines irrémédiablement reliées à mon ami. Le froid n'est pas le seul à me faire trembler sur mon cheval. Méphisto disait pour une fois la vérité : la vie est parfois difficile à porter.

Scène 5

Villeperdue, février 1690

Je ne supporte plus les villes. Nous voilà donc à errer le long des routes qui relient Poitiers à Rouen. Je n'arrive pas à chasser Maréchal de mes pensées. Mes paroles diminuent en même temps que mon appétit. Le Diable se retrouve à parler et à manger pour deux. Quand il se lasse de soliloquer, il m'abandonne à mon silence pour aller boire avec ses nouveaux amis d'un soir.

Ma tristesse se transforme en une rage qui ne me quitte plus. J'arrive à m'en ouvrir à Méphisto à la fin d'un repas.

– Ah, la colère ! De tous les péchés capitaux, c'est le plus évident. Les curés vous diront sans doute de prier Dieu pour la faire taire. Moi, je ne connais qu'une seule façon de s'en débarrasser – et c'est la même que pour une bonne bouteille. Il vous faut la vider, Julie.

J'ai beau savoir que c'est un mauvais conseil, je me décide pourtant à le suivre. À partir de ce jour, je saisis la moindre occasion de me défaire de ma rage : un regard de travers, un mot désobligeant ou la main baladeuse d'un client. Parfois, je me contente d'une simple gifle. Parfois, je provoque un duel que je gagne à tous les coups, laissant mon adversaire vaincu au premier sang.

Ma fureur diminue peu à peu sans tout à fait disparaître. Elle continue à brûler au fond de moi comme des braises qui attendent le vent qui les ranimera ou, au contraire, la pluie qui les éteindra définitivement.

Après de multiples pérégrinations dans les environs de Tours, nous faisons halte dans l'auberge de Saint-Jacques de Compostelle, à Villeperdue. Un village au nom fort à propos, puisque moi-même je ne sais plus exactement où j'en suis de ma vie. Nous y passons une semaine sans que je tire l'épée. J'y retrouve l'usage de la parole, au grand plaisir du Diable.

– Je vous croyais définitivement muette, Julie.

– Ainsi vous vous inquiétiez pour moi, Méphisto ? Ou aviez-vous peur que je ne puisse plus prononcer ce « oui » qui vous céderait mon âme ?

– Ni l'un ni l'autre. Il n'est nul besoin de parler pour pouvoir signer un contrat.

Après les mots, le cœur revient. Je retrouve le goût de la musique. Un renouveau bienvenu, puisque mes économies touchaient à leur fin. L'auberge, située sur la route de Compostelle, ne manque pas de pèlerins généreux. Un soir, je chante pour la première fois une composition que j'ai mis plusieurs jours à écrire.

Je veux dire merci au Maréchal-Ferrant
Qui martela ma voix pour en former le chant.

Moi qui n'étais alors qu'un cheval insolent,
Il m'aida sans compter à ferrer mon talent.

À l'issue de cette représentation, je reviens, émue, à la table du Diable.

– C'est un bien joli air, Julie, et un hommage plus bel encore que vous faites à Maréchal.

– Merci, Méphisto.

– Je dois vous annoncer cependant quelque chose : votre maître de chant est mort juste après votre chanson.

Mes yeux s'embrument. Le Diable a le tact de ne pas en profiter pour me prendre dans ses bras. Il se contente de me laisser pleurer en silence. Puis, quand je me ressaisis, il s'adresse à moi d'une voix douce que je ne lui connaissais pas.

– Consolez-vous, Julie. Maréchal n'est ni dans mes enfers ni au purgatoire, alors qu'il était loin d'être exempt de défauts. S'il est finalement monté là-haut, c'est grâce à vous.

– Merci. Il reste encore un peu d'ange en vous, Méphisto.

Un mois complet est nécessaire pour que je fasse définitivement mon deuil. J'abandonne mon chagrin pour laisser la place au souvenir.

Pourquoi nous attardons-nous à Villeperdue ? Peut-être parce que les gens y sont accueillants et les pourboires nombreux. Sans doute aussi parce que le phénix que je suis a besoin de quelque temps encore pour achever sa renaissance.

Le Diable et moi nous décidons enfin à reprendre la route. La veille du départ, je ne chante pas afin de profiter pleinement de ma dernière soirée. C'est alors qu'un jeune officier, flanqué de trois écuyers, entre bruyamment dans l'auberge.

– Eh bien, tavernier, on laisse mourir de soif les soldats du roi dans ton établissement ? Au temps que tu mets à nous servir, je pourrais penser que tu es dans le camp des Espagnols !

Les rires fusent. Le patron fait à l'homme et à ses compagnons des excuses confuses. Il les installe à sa plus large table, proche de la nôtre.

Je détaille le braillard quand il prend place sur sa chaise. C'est un noble, à n'en pas douter. Un visage aux traits fins et aux beaux yeux clairs, cerné par les boucles d'une perruque brune. Une paire de souliers à talons montant haut sur le cou-de-pied. Des bas blancs retenus par des lacets sur la cuisse. Une culotte bleue à double ceinture. Un manteau rouge parementé de serge et agrémenté d'ornements dorés. Un collet serré par un nœud noir. Des gants en peau de mouton. Un chapeau de feutre piqué d'une plume et bordé d'un galon d'argent. Enfin, une rapière passée dans le fourreau de cuir qui barre sa poitrine de son épaule gauche à sa hanche droite.

L'homme nous salue, Méphisto et moi, d'un court hochement de tête, avant de s'intéresser à l'aubergiste qui vient le servir.

– À la bonne heure, du vin. À la santé du roi !

La salle trinque. Nous la suivons, moins par envie que pour ne pas attirer sur nous l'attention de nos voisins qui se font de plus en plus bruyants au fil des verres. L'officier interpelle le tavernier d'une voix un peu pâteuse qui trahit son ébriété.

– On m'avait vanté la musique. Où l'as-tu cachée ?

– Désolé, messire, mais l'artiste ne joue pas ce soir. Vous m'en voyez navré.

En prononçant ces mots, l'aubergiste tourne spontanément les yeux dans ma direction. Cela n'échappe pas au soldat, qui s'adresse aussitôt à moi.

– C'est toi, *l'artiste* ? Sors donc la tête de ton vin et chante-nous quelques couplets !

– Non.

D'enjoués, ses traits deviennent immédiatement contrariés. Voilà quelqu'un qui a l'habitude d'être obéi et, surtout, de n'être jamais contredit. Il s'approche de moi.

– Sais-tu qui je suis ? Je suis le chevalier Louis-Joseph d'Albert de Luynes, capitaine du régiment de Dragons du roi. Alors, chante !

– Non.

Luynes se fige en même temps que le silence s'abat sur la salle. Il attrape mon bras et répète son ordre de sa voix éméchée.

– J'ai dit…

Je me dégage et lui claque une gifle sonore. L'homme porte la main à sa joue, estomaqué.

– Je ne laisserai pas cet affront impuni. Monsieur, je vous défie.

– Comme il vous plaira.

Je me dirige lentement vers la porte en enfilant mes gants, suivie de près par Luynes et ses trois acolytes.

Nous nous installons dans le champ en face de la taverne. Méphisto nous y rejoint, ainsi qu'une poignée de clients curieux. Je me mets en garde. Je suis surprise quand je vois les trois écuyers dégainer à leur tour.

– Je vous pensais en âge de vous défendre par vous-même, *chevalier.*

– Je ne m'abaisse pas à croiser le fer avec des personnes telles que vous. Je laisse mes gens le faire.

Je hausse les épaules. Mes trois adversaires sont décontractés, certains que leur nombre leur octroiera une victoire facile. Ils entament le combat sans se concerter. Le premier s'approche de moi et je le désarme avant qu'il ait pu porter un coup. Le deuxième se fend. J'esquive son attaque d'un pas de côté et le force à lâcher son épée d'un coup sec sur son poignet. Le dernier, hésitant, avance prudemment et trébuche. Je l'agrippe par l'épaule pour le faire tomber à quatre pattes, puis je lui fouette les fesses du plat de mon arme. Les spectateurs s'esclaffent tandis que les écuyers s'enfuient, penauds. Je fais une révérence à leur maître en fureur.

Cédez-moi la victoire, mon jeune chevalier,
Ou venez donc défendre votre honneur bafoué.

Luynes dégaine une rapière rutilante et se met aussitôt en une agressive *guardia alta*, pied gauche en avant, épée au-dessus de la tête et pointe bien tendue vers le haut.

Vous m'avez irrité cette fois pour de bon.
Affrontez maintenant la colère d'un Dragon !

Mon adversaire vise ma tempe et tente une frappe qu'il appuie de toute ses forces. J'esquive en reculant, de telle sorte que nos lames se retrouvent en contact en garde longue.

Vous vous trompez, monsieur, ce n'est pas un dragon.

Il a certes des griffes, mais ce n'est qu'un chaton !

Je lève ma rapière pour soulever celle de Luynes, que j'accompagne d'un choc de mes quillons contre les siens pour créer une ouverture. J'y glisse ma lame et manque de peu d'entailler le poignet de mon adversaire, qui lâche un juron.

Méfiez-vous du chat, il sait les règles tordre.
Si vous l'énervez trop, ses crocs pourraient vous mordre.

Luynes veut enrouler mon épée et enchaîner avec un coup de contre-taille au visage. L'ivresse rend malheureusement ses gestes trop imprécis. J'en profite pour lui porter quelques frappes rapides. Ma rage intérieure monte au fur et à mesure que je le fais reculer jusqu'à la sortie du champ. Quand il arrive dos au mur de la taverne, je me fends et plonge ma pointe dans son épaule.

Le dragon se voyait couvert de gloire et d'or,
Mais il finit pourtant embroché comme un porc.

Cette fois, le public se tait quand je retire ma lame ensanglantée. Elle a littéralement traversé mon adversaire, qui s'écroule contre la façade de l'auberge. Les écuyers accourent aussitôt pour lui porter secours. Je constate avec soulagement que la blessure que je lui ai infligée est grave, mais pas fatale. Le visage que Luynes tourne vers moi est cependant pâle comme la mort. La douleur l'a dégrisé.

– Belle escrime, belle victoire. Je ne peux que m'incliner, monsieur.

– *Madame*. Car si vous m'avez donné votre nom, vous ne m'avez pas demandé le mien. Julie d'Aubigny.

Je m'aperçois quand il me sourit qu'il est aussi jeune que moi.

– Pardon, je…

Luynes s'évanouit. Ses écuyers, affolés, cherchent le médecin le plus proche. Un homme propose de les guider vers le barbier du village, qui fait office de chirurgien. Ils acceptent et transportent rapidement le chevalier inconscient quelques maisons plus loin. Le public rentre dans l'auberge. Le silence retombe sur le calme de la nuit. On pourrait croire qu'il n'y a jamais eu de duel.

Le Diable s'approche de moi pendant que je nettoie ma rapière.

– Bravo, Julie. Vous quittez Villeperdue sur une victoire.

J'observe le sang séché sur la pointe de mon arme. Je n'ai pas retenu mon coup. J'aurais pu tuer mon adversaire si je l'avais touché ailleurs qu'à l'épaule. Je me sens honteuse.

– Il n'y a aucune gloire à vaincre un ivrogne.

– Ce prétentieux n'a eu que ce qu'il méritait, Julie. Vous êtes soudain si sérieuse. À quoi songez-vous ?

Je passe mon mouchoir sur ma rapière pour en enlever le sang. La lame nettoyée ne reflète pas mon visage, mais celui de Luynes, pâle et douloureux.

– Je pense que j'ai vidé ma colère une fois de trop.

Scène 6

Villeperdue, mars 1690

– Qu'entendez-vous par « Nous ne partons plus », Julie ? Si c'est une plaisanterie, laissez-moi vous dire qu'elle n'est pas drôle.

Le Diable s'emporte alors que nous sommes attablés autour de notre petit déjeuner. Heureusement, rares sont les clients qui tournent la tête vers nous en cette heure matinale.

– Je suis navrée, Méphisto, mais les évènements de la veille m'amènent à modifier nos plans. Luynes m'a fait parvenir à l'aube un message. Il s'excuse de la façon grossière dont il s'est comporté la nuit dernière. Il me demande pardon.

– Eh bien, accordez-le-lui, et allons-nous-en d'ici !

– Je me sens coupable, Méphisto. Je veux m'assurer avant de reprendre la route qu'il se remettra de ma blessure.

– Et pour cela, nous devons rester dans ce trou perdu plusieurs semaines encore !

Dans son dos, l'aubergiste, vexé que l'on décrive son village en des termes si peu flatteurs, interrompt un instant le nettoyage d'un verre pour jeter un regard mauvais au Diable.

– N'exagérez pas, Méphisto. Il est question de quelques jours à peine. Vous pouvez partir sans moi si vous le souhaitez. Je ne vous retiens pas.

– J'attendrai. Villeperdue, nous sommes encore là ! Enfin, je me console : nous aurions pu être coincés à Limoges.

– Je vous le jure, nous ne patienterons que le temps nécessaire pour que je sois pleinement rassurée sur l'état de santé du chevalier.

Le Diable fait une moue peu convaincue.

– Je suis peut-être resté loin des enfers ces derniers mois, mais je sais encore flairer la tentation, Julie. J'espère me tromper, et que votre intérêt pour Luynes est seulement motivé par la compassion.

J'abandonne Méphisto à sa mauvaise humeur et sors de l'auberge. J'ai troqué ma tenue de bretteuse pour une robe légère afin de profiter de la fraîcheur des premiers jours du printemps. J'arrive chez le barbier qui a tôt fait de me rassurer quand je m'enquiers de la santé de Luynes.

– Le chevalier a hérité d'une belle blessure, mais elle ne s'est heureusement pas infectée. Il est doté d'une constitution robuste. S'il ne force pas, il se remettra sans séquelles.

Je demande à le voir. Il accepte et s'écarte pour me laisser entrer.

– J'ai préféré le garder ici pour la nuit, mais il peut regagner sa chambre d'auberge dès aujourd'hui.

Il me dévisage attentivement.

– On dit que c'est une femme qui lui a fait cela. Est-ce vous ?

– Oui.

– L'insulte était-elle si grave pour que ce jeune homme méritât une telle punition ?

C'est à mon tour de rester silencieuse quelques instants.

– Non.

– La prochaine fois, remportez le combat contre vous-même plutôt que le duel. Ignorez les paroles des imbéciles.

Je me raidis, car j'apprécie peu qu'un inconnu me dispense ainsi une leçon. Le barbier désamorce la colère qui monte en moi en lâchant un petit rire.

– À propos d'imbécile, suivez-moi.

Je lui rends son sourire avant qu'il ne me conduise à la chambre.

– Messire, vous avez de la visite.

Luynes se redresse sur sa couche quand je rentre dans la pièce. Derrière moi, le barbier prend congé pendant que je m'installe sur le tabouret à côté du lit.

– Bonjour, madame d'Aubigny. Merci à vous d'être venue.

– Bonjour, monsieur de Luynes.

– Appelez-moi Joseph, je vous en prie.

– Et moi Julie.

Nous nous dévisageons dans un silence malaisant. Où est passé l'homme arrogant de la veille ? Je n'ai devant moi qu'un garçon tout juste devenu adulte. Il paraît plus jeune encore sans sa perruque, enfoncé dans ce coussin aussi blanc que lui. Il est assurément égoïste, mais s'il se gonfle ainsi de fierté, c'est pour dissimuler sa peur. Il a tout d'un gamin dans un uniforme de soldat, comme moi dans ma tenue de bretteuse.

– Je veux m'excuser pour hier soir. Je me suis comporté comme…

– Un parfait arrogant.

– Oui. L'alcool m'a fait vous dire des choses que je ne pensais pas.

– Ne vous réfugiez pas derrière votre bouteille. Vous pensiez chacun de ces mots.

Joseph passe la langue sur ses lèvres sèches. Il détourne un instant le regard, mi-contrit, mi-vexé, puis inspire pour retrouver sa contenance.

–Vous avez raison. J'ai agi comme un enfant gâté et prétentieux. Je vous ai fait du tort. Je vous demande pardon.

–Vous avez été exécrable en tout point.

Joseph se fige. Je l'ai cette fois blessé dans son cœur davantage que dans son orgueil.

– Cependant, je vous excuse bien volontiers, Joseph, car si vous avez été infâme, je ne l'ai pas moins été. J'ai laissé la violence dicter mes actes. Je me suis battue comme on lutte pour sa vie alors que vous étiez saoul. J'ai failli vous tuer. Vous, me pardonnez-vous ?

– Mais bien sûr, Julie !

Le silence revient, et le malaise avec lui. Un sourire naît au coin de mes lèvres quand je constate que Joseph est plus embarrassé que moi encore. Ce qu'il peut être charmant avec son air timide, ce beau soldat aux yeux verts... Je prends une voix grave pour imiter la sienne.

– *Affrontez maintenant la colère d'un Dragon !*

Nous pouffons de rire. Je me redresse ; l'atmosphère est plus détendue.

– Il faut changer votre pansement. Je vais demander de nouveaux linges.

– Laissez, Julie. Un de mes écuyers s'en occupera.

– C'est moi qui vous ai troué l'épaule. Je vous dois bien de la bander.

Je vais trouver le barbier qui me donne le nécessaire pour mener ma tâche à bien. Joseph tient à regagner sa chambre. Je propose de l'accompagner, ce qu'il accepte aussitôt avec joie. Je le laisse se changer, puis nous rentrons ensemble à l'auberge.

– J'adorerais continuer à deviser avec vous, Julie, mais ma blessure se rappelle à moi. Pourrons-nous peut-être poursuivre cette conversation au souper de ce soir ?

– Avec plaisir.

Je l'abandonne à la porte de sa chambre. Le Diable, l'œil en coin, me regarde descendre l'escalier jusqu'à la table où il est avachi.

– Vous voilà réconciliée avec votre officier.

– En effet. Joseph est une personne charmante, quand il n'est pas aviné.

– Parce que vous l'appelez par son prénom, à présent ?

– Pourquoi pas ?

– Moi, je le surnommerais volontiers « l'aiguille ». Il est fin comme une brindille, et vous lui avez percé un joli chas où passer le fil. Ce sera toujours mieux que Joseph. Le précédent que j'ai connu était un véritable benêt. Sa femme lui avait fait croire qu'elle ne l'avait pas trompé, mais qu'elle était miraculeusement enceinte du fils de Dieu.

– Quand cesserez-vous donc d'être jaloux, Méphisto ?

– Quand vous cesserez de tomber amoureuse.

– Je ne le suis pas.

– Me mentir à moi, Julie, le père du mensonge…

Le soir venu, nous passons, Joseph et moi, un repas des plus agréables. Je vais le visiter tous les matins pour prendre de ses nouvelles. Au cinquième jour, je lui vole un baiser, assise au bord du lit. Au sixième, je me glisse dedans. Le suivant, je m'endors à ses côtés.

– Il a fallu plus de temps à Dieu pour créer le monde, Julie, qu'à vous pour coucher avec Joseph.

– Je ne vois pas le rapport, Méphisto.

– Il n'y en a aucun. Je voulais juste faire de l'esprit tout en étant mesquin. Enfin, si j'avais su qu'il suffisait d'être empalé par votre rapière pour faire l'amour avec vous, je vous aurais volontiers laissé me blesser à notre premier duel.

– Je ne peux juger la qualité de vos traits d'esprit, Méphisto. Pour ce qui est de la mesquinerie, en revanche, je peux affirmer que vous avez un talent certain.

Je suis agressive avec le Diable pour ne pas avoir à reconnaître que sa prédiction s'est révélée exacte : je suis tombée sous le charme de Luynes.

Scène 7

Villeperdue, mai 1690

Si Joseph et moi tombons amoureux l'un de l'autre, c'est parce que nous nous découvrons un point commun qui nous unit immédiatement. Nous sommes tous les deux des enfants qui s'improvisent adultes.

Mon amant s'affiche toujours sûr de lui, parfois arrogant et vantard. Je me voile la face avant d'accepter l'évidence : ce portrait est aussi le mien. Nous avons trouvé notre reflet, celui que nous sommes véritablement, et non celui que nous montrons au monde pour nous en préserver.

Puisque je ne pars pas tout de suite, je me remets à chanter. Avec le printemps reviennent les pèlerins, qui se font de jour en jour plus nombreux sur les routes. Mes spectacles les attirent dans l'auberge comme la sirène attire les marins.

Joseph et moi vivons d'abord notre amour tels les personnages d'une pièce de théâtre. Nous jouons les amoureux comme nous tiendrions des rôles, par peur d'assumer pleinement nos sentiments. Puis les apparences tombent au fil des confidences murmurées. Nous voilà face à face, sans pouvoir nous réfugier plus longtemps derrière des masques qui n'existent plus. Pour la première fois, il me faut me dévoiler à un autre que moi-même.

– J'ai appris à tenir mon rang et une épée. Mais jamais à simplement vivre. La mort me terrifie moins que cette existence dans laquelle il a fallu me jeter, comme on se jette dans le vide.

– Quand je suis à la guerre, Julie, j'ai peur de mourir.

Et moi, que Joseph s'en aille bientôt. Je ne lui dis pas toute la vérité sur mon compte, car ma vanité retient mes mots. Je ne suis pas la femme forte et intrépide qu'il imagine. M'aimerait-il encore si je lui apparaissais telle que je suis ? Je préfère lui cacher cette Julie qui doute et qui se sent misérable tout au fond d'elle-même.

– Je voudrais avoir ton courage, Julie. Moi, je suis la vie que l'on a tracée pour moi.

– Tu parles d'un courage : je ne fais que fuir sans savoir où je vais.

Nous nous serrons l'un contre l'autre jusqu'à ne faire plus qu'un. Je veux rester dans son lit le plus longtemps possible, car, lorsque j'en sortirai, il me faudra à nouveau affronter le monde.

La blessure de Joseph met presque quatre semaines à cicatriser, un mois complet pendant lequel je croise à peine Méphisto. Le Diable a fait de l'auberge sa maison en attendant que je retrouve le goût du voyage.

Je me demande pourquoi Méphisto reste avec moi. Il sait désormais que nous ne serons jamais amants. Peut-être que le Diable n'est pas aussi indépendant qu'il le montre. C'est un faux solitaire, qui prétend haïr la terre entière, mais qui a désespérément besoin d'une ombre au côté de laquelle marcher. C'est finalement l'orgueil qui nous rapproche, celui qui fait de nous des silences face aux personnes qui comptent pour nous.

Joseph et moi nous reposons un peu ; nous faisons l'amour, beaucoup, et nous discutons passionnément de nous-mêmes. Mais, encore une fois, je triche au jeu des confidences. J'en garde certaines secrètes, comme si toutes les révéler risquait de mettre un terme à notre histoire. Je sais pourtant que ce sont les non-dits qui tuent les désirs davantage que les vérités.

– Je t'aime, Julie.

Je l'embrasse pour ne pas avoir à prononcer ces mots à mon tour. Parce que ce serait leur donner vie. Parce que, si Joseph craint la mort, moi, j'ai peur de l'amour.

J'abandonne mes spectacles de chant, au grand désarroi de l'aubergiste. Joseph et moi sommes désormais enfermés dans sa chambre. Quand il essaye d'en sortir, je le retiens par la main. Il revient bien volontiers s'allonger à côté de moi pour se détendre. Je sais que personne ne l'emporte face au temps qui passe, mais avant qu'il ne franchisse la porte, je veux encore profiter des secondes qui s'accrochent à nos peaux qui s'enlacent.

Enfin, Joseph lâche cette phrase que je redoutais tant.

– Je vais devoir bientôt repartir, Julie.

– Parce que ta blessure est cicatrisée ?

– Parce que j'ai reçu l'ordre du roi de rejoindre mon régiment en Allemagne au plus vite.

J'ai envie de lui répondre « Peu importe la guerre, reste ici avec moi». Mais l'orgueil, une fois de plus, me rend muette. J'ai dû m'éloigner de monsieur Maupin pour ne pas qu'un homme écrase ma liberté. Si je veux la garder, je n'ai pas d'autre solution que de renoncer à Joseph.

Le jour du départ arrive. Nous nous embrassons une dernière fois.

– Au revoir, Julie. Puisse le destin faire en sorte que nous nous croisions à nouveau.

Joseph me regarde dans les yeux. Il espère encore ce «je t'aime» que je ne lui ai toujours pas offert. J'hésite. Trop tard, le moment est passé. Il me faudra vivre avec ce silence dans mon cœur.

– Au revoir, Joseph. À bientôt, mon ami.

Ce ne sont pas les mots qu'il attendait, pourtant il me sourit, ravi. Joseph monte en selle et me salue une ultime fois de la main avant de lancer son cheval sur la route, talonné par ses trois écuyers.

Le Diable se porte à ma hauteur pour lâcher un long soupir.

– Nous voilà enfin débarrassés de votre dragon. J'ai cru un instant que vous alliez partir en Allemagne avec lui.

Je le laisse parler et regarde Joseph jusqu'à ce qu'il disparaisse à l'horizon.

– Julie, ne me dites pas que ce bellâtre vous a tant gavé de mièvreries que vous en êtes réellement amoureuse, et que vous allez recommencer à vous morfondre comme une pucelle alanguie ?

Je me tourne vers Méphisto, qui s'étonne du clin d'œil que je lui adresse.

– Rassurez-vous. Joseph ne m'a pas coupé la faim. Il m'a, au contraire, ouvert l'appétit.

Mon mensonge semble convaincre le Diable. Je ne peux cependant pas m'abuser moi-même. J'ai beau avoir renoncé à prononcer ce «je t'aime», mon amour pour Joseph n'est pas parti avec lui.

Scène 8

Rouen, juin 1690

Nous quittons enfin Villeperdue quand débute l'été. Le Diable troque sa tenue de bourgeois pour retrouver celle du marquis Légion de Vauvert. Il insiste également pour que nous fassions un ultime détour par Rouen avant de regagner la capitale. Nous fréquentons assidûment l'opéra, où je fais la rencontre de Gabriel-Vincent Thévenard, qui devient mon nouvel amant. Je le fais par désir, mais sans doute aussi pour oublier Joseph qui hante encore mon esprit.

– Comment trouvez-vous mon pâtissier, Méphisto ?

– Il a de la brioche.

– Moi qui pensais que Gabriel remporterait votre approbation. Un bel homme qui sait faire des gâteaux, voilà qui réunit nos deux plaisirs en un.

– Mais qui s'est aujourd'hui mis en tête de devenir baryton. On devine cependant aisément que, dans son dernier rôle, il était marmiton : il chante comme une casserole.

– Vous êtes décidément mesquin jusqu'au bout des griffes.

– En plus, il s'appelle Gabriel. Le précédent que j'ai croisé avec ce prénom était l'archange qui m'a expulsé du Paradis d'un grand coup de pied dans le fondement. Alors, excusez-moi, Julie, d'avoir si peu de sympathie pour votre nouvelle conquête.

Mon Gabriel est moins un séraphin que le fils d'un traiteur d'Orléans. Il aurait sans doute repris l'affaire familiale s'il n'avait fredonné en préparant ses plats. À force de s'entendre dire qu'il était doté d'une belle voix, Gabriel a décidé de se lancer dans le chant. Il est d'abord embauché dans le théâtre de sa ville natale, avant de décrocher un contrat à l'opéra de Rouen.

– Voulez-vous que je vous y fasse également entrer, Julie ? Les places ne manquent pas.

– Merci, mais y aller comme spectatrice me suffit.

Je partage une loge privée avec le Diable pour la reprise d'*Achille et Polyxène,* de Lully et Jean Galbert de Campistron, dans lequel Gabriel tient le rôle d'Agamemnon. Méphisto jette un regard vers moi par-dessus son éventail.

– Vous êtes bien pensive, Julie.

– Gabriel se rend à Paris. Il m'a proposé de l'accompagner.

– Voilà qui tombe fort à propos, puisque nous voulons y aller nous aussi.

– Il m'a également annoncé son intention de passer les auditions pour entrer à l'Académie royale de musique. Il insiste pour que je fasse de même.

– Est-ce cela qui vous cause souci ? Que votre nouvel amant rate le concours ? Ou est-ce l'éventualité de votre propre échec qui vous tracasse autant ?

Le Diable vise juste. J'ai eu tout le loisir de repenser à ma carrière lyrique quand nous étions sur la route. C'est une chose de chanter dans une auberge, c'en est une autre de le faire sur la grande scène d'un opéra.

–Vous vous interrogez sur vos compétences, Julie, n'est-ce pas ? Pourtant, vos cours avec Maréchal auraient dû davantage vous donner confiance en vous.

Mon cœur se serre un peu en entendant son nom.

– Quand j'ai postulé au théâtre de Marseille, j'étais insouciante. C'était il y a un an à peine. Que m'est-il arrivé, Méphisto ?

– Ce qu'il advient inexorablement quand on avance dans la vie, Julie. Vous avez grandi.

Le Diable prend subitement un air mélancolique. Et lui, comment a-t-il traversé son destin d'immortel ? Ne s'est-il jamais remis d'être passé du statut d'ange à celui de démon ? A-t-il aujourd'hui encore des remords, ou peut-être toujours l'espoir que tout redevienne comme avant ?

– Cessez de me fixer avec cette mine pleine de compassion, Julie. J'ai l'impression d'être épié par un curé qui s'apprête à me faire un sermon.

Je replonge en silence dans mes pensées. Il n'y a pas que ma carrière de chanteuse qui m'inquiète. Un autre problème m'attend dès que je poserai à nouveau un pied à Paris : La Reynie. Le lieutenant de la police voudra doublement m'arrêter quand je reviendrai dans sa juridiction. D'abord pour avoir taché de vin son bel uniforme avant de prendre la fuite lors de notre dernière entrevue. Ensuite parce que ma condamnation, prononcée à Aix-en-Provence, est toujours effective. Si les tribunaux de province tardent à se transmettre leurs sentences respectives, Paris en revanche les centralise toutes.

La représentation arrive à son terme sans que je trouve une solution satisfaisante au problème. Sur la scène, Achille et Polyxène meurent tour à tour dans d'horribles souffrances. J'espère que ce n'est pas un mauvais présage de ce qui m'attend quand je rentrerai dans la capitale.

L'engagement de Gabriel à l'opéra prend fin en même temps que notre relation. Lui a trop en tête son concours, et moi le souvenir de Joseph, pour que notre histoire aille plus loin. Nos plans restent cependant inchangés. Nous envisageons toujours de quitter ensemble Rouen, ce que nous faisons au début du mois de juillet.

Je regrette presque que notre trajet se fasse sans incident. J'aurais aimé qu'une quelconque péripétie nous retarde.

– Rappelez-moi, Méphisto : pourquoi insistez-vous pour que nous entrions précisément le quatorze juillet à Paris ?

– Pour être à temps à une fête à laquelle je comptais me rendre, mais, vous allez rire, je me suis trompé de date ! Nous arrivons trop tôt.

– Sommes-nous très en avance ?

– Oh, d'un siècle tout rond. Je suis vraiment navré, Julie, mais vous ne serez plus là pour assister aux feux d'artifice.

Je remonte le col de mon manteau et me tasse de plus en plus sur mon cheval au fur et à mesure que nous nous enfonçons dans la cité. Je suis silencieuse, à l'inverse de Gabriel qui découvre Paris et s'extasie à chaque coin de rue. Les lanternes et les flambeaux s'allument peu à peu quand le jour décline.

– Quelle beauté, Julie ! Je comprends à présent pourquoi Paris est surnommée la Ville Lumière.

Je grimace à ce surnom de la capitale qui me fait aussitôt penser à La Reynie. C'est en effet le lieutenant général de police qui a mis en place cette politique d'éclairage pour endiguer la criminalité. J'ai maintenant l'impression que toutes ces lueurs ne sont là que pour m'empêcher, moi, de me dissimuler dans le noir.

– Nos chemins se séparent ici, Gabriel.

– Je croyais que nous resterions ensemble jusqu'aux auditions ?

– Malheureusement, elles se feront sans moi. J'ai quelques affaires à régler auparavant. Passez devant, Gabriel, et entrez à l'Opéra. Je vous suivrai de près.

– Je vous dis alors à très vite, Julie. Prenez soin de vous, et ne faites pas de folies.

Il tourne bride et s'éloigne, le nez toujours en l'air pour admirer l'avenue illuminée par les bougies posées aux bords des fenêtres. Méphisto attend qu'il ait tourné au coin d'une rue pour s'adresser à moi.

– Vous aussi, vous les avez repérés, Julie ?

J'acquiesce au moment où trois cavaliers sortent de l'impasse où ils s'étaient dissimulés. Ils s'immobilisent une dizaine de mètres devant nous. L'homme à leur tête prend la parole.

– Je pensais vous surprendre, madame Maupin.

– Il faut croire, monsieur de La Reynie, que les lumières que vous avez fait installer éclairent aussi bien les truands que les mouches qui leur tournent autour.

– En tout cas, vous me facilitez la tâche en revenant ici par vous-même. Vous êtes en état d'arrestation. Veuillez vous rendre sans résistance, je vous prie.

J'échange un sourire avec le Diable.

– Non.

Méphisto et moi talonnons nos montures. La Reynie et ses policiers, surpris par notre charge, dégainent précipitamment leurs pistolets tout en s'écartant les uns des autres pour nous bloquer le passage. Nous bifurquons juste devant eux pour nous engouffrer, moi la première, dans une ruelle étroite. La Reynie nous donne aussitôt la chasse.

Je baisse la tête pour éviter la corde à linge tendue entre deux fenêtres. Grand bien m'en prend, car une balle me siffle au-dessus du crâne et vient trouer une chemise en train de sécher. Méphisto hurle derrière moi pour se faire entendre.

– Nous avons de l'avance, mais ils gagnent du terrain !

Leurs chevaux sont frais alors que les nôtres sont épuisés d'une journée de voyage. Nous sortons de la ruelle pour déboucher sur une place encombrée de carrosses. Une idée germe aussitôt dans mon esprit pour semer nos poursuivants.

– Par ici, Méphisto !

Le Diable revient à ma hauteur. Loin de contourner les voitures, nous fonçons vers celles qui commencent à partir. Notre irruption soudaine fait peur à un attelage qui se lance en avant. Nous passons juste avant qu'il nous percute. Je me retourne un instant une fois que nous avons atteint l'autre côté de la place. Derrière nous, le chaos des chevaux en panique empêche nos poursuivants de nous rattraper. La Reynie nous jette un regard noir en immobilisant sa jument. Nous entendons son sifflet de police quand nous nous engouffrons dans une nouvelle ruelle.

Nous ralentissons quelques minutes plus tard pour laisser nos montures reprendre leur souffle.

–Voilà ce qui s'appelle faire une entrée en scène fracassante, Julie. Maintenant que faisons-nous ?

– Allons à Versailles.

– Mais La Reynie nous y attendra sûrement !

– Dans la Petite Écurie où loge mon père, mais pas dans la Grande.

– Qu'avez-vous donc en tête ?

– J'aurais dû renoncer à fuir et faire face, car rien ne sert de courir, il faut *discourir* à point.

– Je croirais entendre la mauvaise morale d'une des fables de monsieur de La Fontaine.

Nous approchons de Versailles sans recroiser nos poursuivants. Je passe ma plus belle robe dans une auberge où nous nous sommes arrêtés à mi-chemin. Méphisto décide de m'y attendre. Je réserve moi aussi une chambre avant de reprendre seule le chemin de la Grande Écurie.

Comme je l'avais prévu, aucun des agents de La Reynie ne s'y trouve. Malgré l'urgence de la situation, j'ai un pincement au cœur quand je franchis les grilles : me voilà de retour chez moi.

Je m'approche sans tarder du valet posté à l'entrée du bâtiment principal.

– Bonsoir. Je souhaite rencontrer monsieur Louis de Lorraine, comte d'Armagnac, au plus vite.

– Mais, madame, Monsieur le Grand est en plein souper.

– Dites-lui que c'est madame Maupin qui demande à le voir en urgence.

Le laquais cède à mes instances et va porter mon message. Quelques minutes plus tard, il revient pour me conduire au bureau à l'étage. Monsieur le Grand s'avance aussitôt vers moi pour me baiser la main.

– Bonsoir, Monsieur le Comte. Mille excuses de débarquer ainsi sans vous avoir prévenu plus tôt.

– Julie, quelle belle surprise ! Voilà plus d'un an que vous nous avez quittés, laissant derrière vous de méchantes rumeurs sur les origines de votre départ. Joignez-vous à moi pour le repas. Vous m'y conterez toutes vos aventures.

– Il y aurait de quoi écrire un de ces romans dont la cour est si friande. Mais avant cela, j'aurais un service à vous demander. Vous m'aviez promis que je pourrais venir vous trouver pour solliciter une faveur. Et justement, il m'en faudrait une, à propos d'une affaire quelque peu délicate.

– Ce sera avec plaisir, Julie. Que puis-je faire pour vous être agréable ?

– Oh, trois fois rien. Mais asseyez-vous, je vous prie. Vous en aurez peut-être besoin…

Scène 9

Paris, juillet 1690

Le souper se termine en même temps que le récit de mes aventures – dans leur version expurgée, cela va de soi. Monsieur le Grand est par moments quelque peu choqué, sans cependant jamais remettre en question sa promesse de me venir en aide. Il va dès demain interférer en haut lieu pour que ma condamnation soit annulée. D'ici là, il me conseille de retourner à l'établissement où je suis descendue et de ne plus en sortir.

– Je vous proposerais bien de vous loger ici, Julie, mais j'ai peur que La Reynie ne sache vite où vous trouver. Je ne pourrai rien faire contre lui s'il vient vous arrêter. Ne contactez personne, pas même votre père ! Je me charge de l'avertir en toute discrétion.

Le comte d'Armagnac me prête son cocher et sa calèche pour me raccompagner à l'auberge. À travers les voiles des fenêtres, j'aperçois le lieutenant général de police qui trotte à la tête d'une troupe vers la Petite Écurie. Il jette un œil dans ma direction quand nous nous croisons. Je recule aussitôt pour m'enfoncer dans l'obscurité de la voiture. La Reynie poursuit son chemin et moi le mien. Ce n'est pas ce soir qu'il m'arrêtera.

Arrivée à destination, je file me réfugier dans ma chambre. Pendant les jours qui suivent, je ne la quitte plus que pour souper dans l'arrière-salle de l'auberge et y faire des parties de cartes avec le Diable.

Voilà déjà une semaine que je subis cet emprisonnement forcé.

– Je n'en peux plus du pharaon, Méphisto ! Je me demande pourquoi toute la cour du Roi-Soleil en raffole tant.

– Parce que, pour certains, jouer de l'argent provoque de l'excitation, Julie.

– En plus, je vous soupçonne de tricher pour gagner à ce point.

– Nullement. C'est parce que vous tenez le rôle du ponte, et moi celui du banquier. Un métier méprisé alors qu'il a pourtant un bel avenir devant lui, Julie.

Le Diable avance la main pour empocher ma mise quand nous entendons plusieurs personnes qui entrent dans l'auberge avec fracas. Les martèlements de pas se rapprochent. Apparaît alors La Reynie, qui s'immobilise au seuil de la salle.

– Cette fois, c'est terminé, madame Maupin.

– Bonjour, monsieur de La Reynie. Vous joindrez-vous à notre partie de cartes ?

– Je préfère le jeu de dames, pour mieux les capturer. Emparez-vous d'elle !

Les deux policiers me lèvent du banc sans ménagement. Je regrette de m'être habillée en bretteuse, car nul doute qu'ils m'auraient traitée avec davantage d'égards si j'avais porté une robe. La Reynie se rapproche pour planter son regard de rapace dans le mien.

– Ainsi s'achève la tragédie de madame Maupin, emprisonnée avant d'être brûlée sur le bûcher.

Je veux paraître inébranlable, mais je n'y parviens qu'à moitié. La salive dans ma bouche noie toutes les répliques que j'avais préparées pour des moments tels que celui-ci. Heureusement, une nouvelle voix s'élève depuis la porte.

– Monsieur de La Reynie, vous oubliez que, sur scène comme dans la vie, un coup de théâtre est toujours possible.

Monsieur le Grand nous rejoint à pas lents, suivi par un majordome à la livrée aussi impeccable que ses souliers cirés. Méphisto se lève pour faire une révérence, avant de s'installer confortablement sur une chaise en retrait. Le sourire hilare qui lui barre le visage trahit son ravissement d'être aux premières loges de ce spectacle improvisé. La Reynie s'incline à son tour, aussitôt imité par ses deux acolytes qui m'immobilisent toujours.

– Monsieur le Comte d'Armagnac, mes hommages. Je ne fais que suivre le texte d'une pièce dont l'issue est écrite noir sur blanc.

Le lieutenant sort de la poche intérieure de son manteau une copie du procès-verbal du tribunal d'Aix-en-Provence. Il l'offre à son interlocuteur, qui la refuse poliment de la main.

– Monsieur de La Reynie, si vous vous trompez de fin, c'est parce que vous n'avez pas encore le dernier acte.

Monsieur le Grand fait un signe à son valet qui tend à son tour une lettre à La Reynie, lequel se raidit immédiatement quand il reconnaît le cachet qui ferme la missive : le sceau du secret, celui du Roi-Soleil en personne. Il s'en empare, brise la cire et lit à haute voix.

De par le Roy,

Il est ordonné au sieur Gabriel Nicolas de La Reynie, lieutenant général de Paris, d'abandonner toutes poursuites contre Madame Julie Maupin, et de la libérer si jamais elle était au cachot, ainsi que de faire connaître à tous que sa condamnation au bûcher par le tribunal d'Aix-en-Provence est annulée.

Fait à Versailles, le 20 juillet 1690

Louis

L'atmosphère est aussi tendue que la mâchoire de La Reynie. Il s'adresse à ses policiers sans lever les yeux du document.

– Vous avez entendu le roi, messieurs. Plus aucune charge ne pèse désormais sur madame Maupin.

Les deux hommes me relâchent brutalement avant de s'écarter comme si j'étais soudain pestiférée. Les applaudissements bienvenus de Méphisto brisent le silence, faisant naître un discret sourire sur le visage de Monsieur le Grand et un regard noir sur celui du lieutenant. Ce dernier vient me chuchoter à l'oreille.

– Profitez bien de votre liberté, madame Maupin. Vous n'aurez pas deux fois autant de chance. Je serai de nouveau là pour vous conduire au bûcher.

– Au plaisir de nous recroiser, monsieur de La Reynie.

Quand le lieutenant et ses hommes se retirent, Monsieur le Grand laisse éclater sa joie.

– Les comédies de feu monsieur Molière n'ont pas toujours autant de rebondissements que celle-ci. J'espère que l'on fera un roman de votre vie, Julie, ou mieux, un opéra !

– Avant cela, il me faut vous remercier, Monsieur le Comte. Je suis votre débitrice.

–Vous ne devez rien à moi, mais au roi. Que diriez-vous maintenant d'aller fêter cela ? Votre ami peut évidemment se joindre à nous. Je n'ai pas l'honneur de vous connaître, monsieur… ?

– … marquis Légion de Vauvert, pour vous servir. Mais appelez-moi Méphisto.

Nous rentrons en calèche à la Petite Écurie où une silhouette familière nous attend au milieu de la cour. Mon père se jette sur moi pour me prendre dans ses bras dès que je descends du marchepied.

– Julie, ma fille ! J'apprends tu es revenue sans rien me dire et que tu te caches dans une auberge pour quelque obscure raison. Heureusement, je t'aime si fort que je te pardonne tout.

– Merci, père. Je suis saine et sauve grâce au comte. Joignez-vous à nous.

Nous nous installons dans le salon de Monsieur le Premier. Il fait monter de sa cave son meilleur champagne pour le plus grand bonheur du Diable. Nous trinquons, puis je raconte à mon père un florilège de morceaux judicieusement choisis de mes dernières infortunes. J'ai si peu pensé à lui pendant mon voyage ! Je me rends compte à quel point il m'a manqué, maintenant que je le retrouve.

– À présent, ma fille, que vas-tu faire ?

– Moins de duels et plus de chant, car, oui, je me lance dans une nouvelle carrière. Adieu les salles d'armes, à moi celles de l'opéra !

C'en est terminé du voyage de mademoiselle d'Aubigny. Madame Maupin est de retour à Paris.

Acte IV

L'opéra de la vie

Julie

Quelle joie, Gabriel, de vous revoir enfin !

Gabriel

J'en suis ravi, Julie. J'ai essayé, en vain,
De revenir plus tôt. Deux mois sont écoulés
Car ici le temps court dans Paris la pressée.
Peu importe à présent. Nous nous sommes trouvés.
Racontez-moi, Julie, vos semaines passées.

Julie

Pour une triste affaire, me voilà poursuivie
Dans les rues de la ville par monsieur La Reynie.
Je parviens à fuir, à me cacher un temps.
Mais suis rattrapée par ses nombreux agents.
Et je me vois pendue, quand une lettre arrive,
Signée du Roi-Soleil, qui de tout me délivre.

Gabriel

Votre récit, Julie, a tout de magistral.
À côté de la vôtre, ma vie est trop banale.
Je sors de l'opéra et de son audition
Qui m'a fort épuisé tellement ce fut long !

Julie

Quel est son résultat ? Mais êtes-vous reçu ?

Gabriel

Pour mon plus grand plaisir, j'ai été retenu.

Julie

Quelle belle nouvelle ! Il nous faut la fêter !
Retrouvons Méphisto qui est juste à côté.

Scène I

Paris, septembre 1690

Gabriel et moi rejoignons Méphisto aux Bons Enfants, un minuscule débit de boissons. L'établissement est tenu par un dénommé Loisel, un homme au tablier maculé de taches sombres, et dont le foulard noué sur la tête dissimule un crâne chauve aussi brillant que le comptoir perpétuellement astiqué.

Le Diable salue Gabriel quand nous prenons place avec lui. À peine Méphisto trempe-t-il ses lèvres dans sa coupe qu'il affiche un rictus de déplaisir.

– Je comprends maintenant pourquoi ce vin n'est pas cher. Il est anatomique.

Gabriel fronce les sourcils en une moue interrogative.

– Je ne suis pas certain de saisir. Que voulez-vous dire par « anatomique » ?

– J'entends un breuvage dont on connaît l'emplacement exact dans son corps après l'avoir ingéré. Ainsi, cette piquette-là, je la sens du bout de ma langue jusqu'au fond de ma gorge, puis tout le long de mon gosier jusque dans mon estomac.

J'interviens avant que le Diable ne discoure davantage.

– Qu'importe la piètre qualité du vin, elle ne nous empêchera pas de fêter ton succès, Gabriel. Quel emploi as-tu eu ?

– Un simple poste dans les chœurs – mais c'est déjà beaucoup. Toi, Julie, je suis persuadé que tu pourrais obtenir un premier rôle.

– Je préfère ne m'attendre à rien. Ce que j'ai retenu de ma lecture de *L'Histoire comique des États et Empires de la Lune,* c'est qu'à trop vouloir la décrocher on retombe parfois lourdement sur terre.

Gabriel nous détaille les arcanes administratifs de l'Académie royale de musique.

– Jean-Nicolas de Francine en a pris la direction il y a deux ans, après le décès de son oncle Lully. Ce dernier était un artiste influent à la cour, et avait pu obtenir de Louis XIV la faveur de diriger l'établissement. Malheureusement, Francine n'est pas un musicien comme son défunt oncle, et il n'entend rien à l'opéra. Aussi ce n'est pas lui qui fait passer les auditions, mais un ancien ténor nommé François Bouvard. Si tu le souhaites, Julie, je peux lui demander de te rencontrer. Cela t'évitera d'attendre plusieurs semaines comme j'ai eu à le faire.

J'accepte bien volontiers son offre. Les pichets s'enchaînent ensuite comme les heures. Cette nuit-là, mon sommeil est profond, et mon réveil douloureux.

– Méphisto, comment peut-on avoir aussi mal au crâne ?

– C'est à cause de ce traître de vin anatomique. Quand on le digère, ce fourbe vous remonte dans la tête pour l'alourdir. C'est pour cela qu'il ne faut jamais boire que de bons crus.

– Je ne sais pas si vous feriez un médecin admirable ou un parfait charlatan.

– Oh, c'est comme les anges ou les démons : la différence entre les deux n'est pas toujours aussi évidente qu'on le pense.

J'ai à peine le temps de me remettre de cette beuverie mémorable que Gabriel revient déjà m'annoncer qu'il a obtenu une entrevue avec Bouvard. Je loue l'efficacité de mon ami autant que je maudis son manque de jugeote pour avoir calé le rendez-vous à la première heure le lendemain.

Heureusement, cette seconde nuit – même courte – suffit à me débarrasser des derniers reliquats du fameux vin anatomique. Fraîche et de bonne humeur, je prends la direction de la butte Saint-Roch. L'endroit est souvent cité comme le plus beau quartier de Paris pour abriter le Louvre et les Tuileries. Je m'engage dans la rue Saint-Nicaise, où les imposants bâtiments du Palais-Royal accueillent l'Académie royale de musique. Bouvard m'y attend dans un de ses petits salons. C'est un homme raffiné et élégamment vêtu, qui me fait aussitôt penser aux nombreux courtisans qui franchissent les grilles du palais de Versailles.

– Bonjour, monsieur. Merci de me recevoir si promptement.

– Tout le plaisir est pour moi, madame Maupin. Si vous êtes aussi talentueuse que Gabriel le prétend, alors je n'aurai pas perdu mon temps.

Nous nous installons à une petite table rectangulaire en chêne massif et aux pieds richement moulurés. Notre conversation peut sembler futile à quelqu'un qui l'entendrait, mais il n'en est rien. Les questions de Bouvard sont tout sauf anodines, et son air détaché dissimule l'attention avec laquelle il décortique mes réponses.

–Vous avez suivi quelques cours de chant à l'école des pages, mais votre carrière commence réellement à Marseille, n'est-ce pas ?

–Vous êtes parfaitement renseigné. J'ai en effet été embauchée dans son théâtre.

– Un bien bel établissement. Monsieur Francine a aidé le directeur à ce qu'il ouvre ses portes.

Comprendre : Francine a vendu fort cher le privilège de jouer des opéras en dehors de Paris. Gabriel m'a expliqué qu'il cédait ses coûteuses autorisations à des villes de province pour renflouer les caisses de l'Académie royale, qui sont un véritable gouffre financier.

Bouvard m'écoute détailler les rôles que j'ai interprétés en feignant la nonchalance. Gabriel me le décrivait comme un musicien de talent. Je découvre qu'il est un tout aussi bon comédien.

– Après cela, madame Maupin, qu'avez-vous fait ?

– Je suis partie me former à Poitiers.

– Une sage décision. C'est à tout instant qu'il nous faut apprendre. Auprès de qui ?

– Un des artistes du théâtre. Maréchal.

Je vois dans ses yeux que le nom ne lui est pas inconnu. Il marque une pause avant de me répondre :

– Un chanteur réputé, que j'ignorais être professeur. Il a cependant bien fait de le devenir. J'ai entendu dire qu'avec le temps il épuisait sa voix *en vain*.

Son visage reste impénétrable. J'essaye de garder mon calme.

– J'avais beaucoup de respect pour lui, monsieur Bouvard. Il est mort peu après m'avoir transmis son savoir.

– Puisse l'âme de Maréchal reposer sans tourments. En parlant de tracas, il m'est revenu que vous aviez eu quelques démêlés avec le lieutenant La Reynie. Rien de fâcheux, j'espère ?

– Nullement. Le roi lui-même a mis fin à cette méchante affaire.

– Vous me voyez confus, alors, d'avoir prêté l'oreille à de pareils commérages.

Bouvard n'est absolument pas désolé, et je le soupçonne même d'être au courant de ma condamnation dans ses moindres détails.

– Voilà en tout cas qui me rassure, madame Maupin. C'est auprès de monsieur de La Reynie que nous déposons nos demandes pour jouer nos opéras. Savez-vous qu'il y a quelques années un des anciens directeurs avait omis de solliciter cette autorisation au lieutenant de police, qui a alors fait interdire les représentations ?

– Je l'ignorais.

– Vous saisissez maintenant pourquoi nous voulons être en bons termes avec monsieur de La Reynie.

Je comprends surtout que le travail auquel je postule n'est pas celui d'une simple chanteuse. Je dois désormais prendre garde à mes paroles, aussi bien sur scène que dans les coulisses. Je dois également me méfier de mes concurrents autant que des notables qui seront assis au premier rang. L'Académie royale n'a rien à envier à la cour du roi en matière de manigances et de faux-semblants.

– Que diriez-vous à présent de chanter, madame Maupin ?

– J'en serais honorée.

Nous passons dans une des salles de répétition. Je pense une nouvelle fois à Maréchal pendant mes échauffements. J'espère que je ne le décevrai pas.

Pendant l'heure qui suit, je fais plusieurs essais de voix dans des répertoires variés. Un jeune homme nous rejoint. Bouvard salue avec déférence l'inconnu.

– Monsieur Francine, quel bienheureux hasard ! Permettez-moi de vous présenter madame Julie Maupin, qui vient à l'instant de terminer son audition.

Je fais ma révérence avec précaution, car je suis soudain épuisée. Tout mon corps se relâche comme après un entraînement à l'épée. L'homme en face de moi n'a pas la trentaine, pourtant l'inquiétude lui barre le front. Être le directeur d'une telle institution apporte son lot de préoccupations.

– Enchanté, madame. Comment s'est passé cet essai, Bouvard ?

– Au-delà de nos espérances, monsieur. Je crois que nous venons de trouver notre Pallas.

– Vous m'en voyez ravi. Madame Maupin, je fais pleinement confiance à Bouvard pour ce qui est de dénicher de nouveaux talents. Aussi, bienvenue à l'Académie royale de musique.

Scène 2

Paris, octobre 1690

Je ressors du Palais-Royal avec un contrat dont les appointements s'élèvent à 3 000 livres par an. Je commence dès aujourd'hui. Je retourne à la Petite Écurie pour me changer et annoncer la nouvelle à mon père. Il me faudra trouver sans délai un logement proche de l'Opéra pour m'éviter quatre heures quotidiennes de trajet aller-retour en calèche.

– Je suis si fière de toi, Julie ! Ta mère l'aurait été aussi.

Un voile de chagrin passe un instant devant ses yeux. Je comprends que je ne connais pas l'homme qui m'a élevée.

– Merci, père. Je vous l'ai rarement dit, mais sachez que je vous aime.

Je l'embrasse sur la joue. Ma démonstration de tendresse l'émeut à tel point qu'il abandonne ce masque de bienséance que je l'ai toujours vu porter. Il m'apparaît soudain si vieux, si fragile que je le prends avec douceur dans mes bras. C'est mon « je vous aime » qui le dévoile tel qu'il est vraiment. Je pense alors à celui que je n'ai pas osé dire à Joseph, et mon cœur se serre un instant. Il est des mots qu'il ne faut jamais retenir.

– Je dois vous laisser, père.

Je quitte ensuite sans tarder la Petite Écurie. Après un trajet éreintant, me voilà de retour à l'hôtel du directeur Francine. C'est ici qu'ont lieu les répétitions de *Cadmus et Hermione*, de Lully et Quinault, le premier opéra dans lequel je vais jouer. Je suis accueillie à l'entrée par le visage souriant de Gabriel.

– Toutes mes félicitations, Julie ! J'avais bien prédit que tu décrocherais la lune.

– Puis-je la tenir assez fort pour ne plus la laisser tomber, maintenant ! Merci, Gabriel. Tout est allé si vite que je ne mesure pas encore pleinement ce qui m'arrive.

– Le rythme de l'opéra est celui d'un cheval au galop, il faudra t'y habituer. Bouvard m'envoie à ta rencontre pour te conduire au reste de la troupe.

Nous nous engouffrons côte à côte dans un couloir richement lambrissé et dont le parquet marqueté veut imiter celui du Louvre.

– Qui seront mes partenaires ?

– Charles Hardouin interprétera Cadmus. Il en a eu assez de chanter les messes de Charpentier. Il a abandonné la musique sacrée pour se faire embaucher ici. Il se méfie de moi et il n'a pas tort. Je suis un baryton comme lui, et je ne me satisferai pas toujours de ma place de simple choriste.

– Je vois que l'ambition de Méphisto a déteint sur toi.

– Le rôle de Hermione est tenu par Marie Le Rochois, la plus belle voix de notre époque.

La panique me gagne en apprenant que je vais partager la scène avec une telle célébrité.

– Il y aura enfin Louise et Françoise Moreau, que nous

surnommons Louison et Fanchon. Elles prêtent respectivement leurs timbres de soprano aux personnages d'Arbas et de Charité. Le public a parfois du mal à savoir laquelle joue quoi. Les deux sœurs entretiennent bien volontiers ce quiproquo.

– Tu n'es pas dans la distribution ?

– Si, mais les chœurs répètent dans une autre salle. Il nous faudra être tous prêts pour début décembre.

– Dans deux mois seulement ? Le délai semble juste.

– Il est parfois plus court encore. Certains de mes collègues disent qu'il n'est pas rare que nous n'ayions que quatre semaines pour nous préparer.

Nous entamons l'ascension d'un large escalier. Je discerne de la musique à l'étage, qui se fait plus distincte à chaque marche que je grimpe.

– Il faudra te méfier des commérages, Julie, et des jalousies. L'Académie royale est autant un lieu d'art que de pouvoir. Tout le monde désire y être admiré : les chanteurs sur scène comme les nobles dans le public.

– Merci pour tes conseils, Gabriel. Je saurai me défendre.

– Oh, je n'en doute pas ! Tâche cependant de ne tuer personne la première semaine. Et surtout, ne hausse jamais le ton. Le directeur assiste aux répétitions, et il exècre cela. Ah ! Et ne t'offusque pas non plus si on t'appelle « mademoiselle ». Ici, le « madame » est proscrit pour les noms de scène.

Nous nous immobilisons devant la grande porte de bois ouvragé derrière laquelle nous entendons une voix de soprano accompagnée au piano.

– Un dernier mot, Julie. Prends garde à Louis Dumesnil.

– Quel rôle joue-t-il ?

– Aucun, mais c'est un ancien protégé de Lully, et il profite encore de ce statut avec Francine. Il s'invite aux répétitions qui ne le concernent pas. Il est réputé pour être un coureur de jupons.

– Il pourra courir autant qu'il veut, sois sans crainte, il ne me rattrapera pas.

Gabriel étouffe un petit rire avant de vite recouvrer son sérieux. Il pousse avec précaution le battant de la porte. Nous entrons dans un auditorium. Les acteurs sont installés sur des chaises en demi-cercle sur la scène, devant un parterre de musiciens dirigés par un chef d'orchestre. Francine est dans les gradins.

Je prends un siège discrètement. Je reconnais sans peine Mademoiselle Rochois, seule silhouette debout sur le plateau. Je suis émerveillée par la voix et le charisme de cette femme de trente-deux ans. Un silence respectueux accompagne la fin de son chant. Je sors de la transe dans laquelle l'instant m'avait plongé quand Francine s'adresse à moi.

– Vous voilà, Julie ! Mesdames et messieurs, j'ai l'honneur de vous présenter Mademoiselle Maupin, que je viens d'embaucher pour jouer notre Pallas Athéna !

Tout le monde applaudit, puis descend de la scène pour me souhaiter la bienvenue. Hardouin se montre charmeur ; Mademoiselle Rochois, chaleureuse. Louison s'affiche faussement ravie, mais c'est davantage sa sœur qui retient mon regard. Fanchon est une beauté dont les nombreuses taches de rousseur lui mangent le cou et les joues. Elle répond avec détachement à mon sourire.

Les présentations terminées, les répétitions reprennent.

Je m'avance avec assurance sur la scène quand vient mon tour de chanter. C'est avec une confiance renouvelée que je me glisse dans la peau de la déesse grecque de la sagesse.

Au fil des semaines, j'apprends à connaître mes compagnons. L'ambiance est heureusement moins délétère que Gabriel ne me l'avait dépeinte. Toutes ces heures de travail parviennent enfin à me faire oublier Joseph. Mais, si mon dragon est endormi dans la grotte de mon cœur, son sommeil reste léger. Le souffle trop bruyant d'un souvenir suffirait à le réveiller.

Pendant nos pauses, Hardouin nous régale de ses anecdotes quand il était chez les Jésuites. Mademoiselle Rochois étouffe mes derniers doutes en me livrant les angoisses de ses premières années de chant.

– J'ai commencé ma carrière tard, à vingt-deux ans. Les jeunes premières me regardaient en souriant derrière leurs éventails. Il m'a fallu apprendre à les ignorer en même temps que mon trac. Puis j'ai été la maîtresse de Lully. Il m'a chassée de l'Opéra quand il a su que j'attendais un enfant de mon nouvel amant, le premier basson de son orchestre. « Une femme enceinte n'a pas sa place sur une scène », a-t-il lancé en pleine répétition, vexé. Comme si avoir le ventre arrondi pouvait empêcher de chanter ! Quelques années plus tard, Lully m'a rappelée. Cela m'a flattée autant que rassurée. Si l'on revenait me chercher, c'est que je ne devais pas être si mauvaise que ça.

Mon admiration ne cesse de grandir pour cette femme qui a affronté le doute et les hommes qui lui barraient le chemin. Elle a franchi tous les obstacles seule, sans rancœur, et avec un regard toujours bienveillant sur le monde.

Nous devenons amies, elle et moi, à l'inverse de Louison, à laquelle je voue une inimitié qui est réciproque. Capricieuse et superficielle, elle ne cherche qu'à attirer l'attention sur elle, notamment celle de monsieur Francine, dont elle voudrait faire son amant. Hardouin m'apprend qu'elle me jalouse parce que j'ai eu le rôle qu'elle convoitait. Je décide de suivre son conseil et d'ignorer les répliques venimeuses de ma rivale pour me concentrer sur mon chant.

Cette stratégie porte ses fruits. Louison abandonne bientôt pour aller se consoler auprès des musiciens qui n'ont d'yeux que pour elle. Quant à sa sœur, Fanchon, je tente de l'approcher, mais la belle ténébreuse garde ses distances avec moi. Ma frustration grandit alors en même temps que mon désir pour elle.

Un jour, un homme fait irruption pendant l'une de nos répétitions en costume. Je comprends vite que c'est le fameux Dumesnil contre lequel Gabriel m'a mise en garde. Il porte des habits qui doivent bien coûter une année de mes gages. Les plumes plantées sur son chapeau me font penser à une crête. Cela va comme un gant à cet orgueilleux au minois certes charmant, mais dont la démarche hésitante trahit un excès de boisson.

Je me raidis quand il s'adresse à Mademoiselle Rochois pendant notre pause.

– Je voyais la fille du dieu Mars plus jeune. À moins que Francine, désespéré, n'ait trouvé que toi, Marie, pour interpréter Hermione.

– Au moins, remercions-le, Louis, de ne pas t'avoir recruté pour faire Cadmus. Nous aurions eu un roi de Thèbes bien aviné.

– Fais en sorte de ne pas tomber enceinte. Ce serait dommage qu'après Lully son neveu te chasse de l'Académie royale une seconde fois.

Il quitte la salle. Je m'apprête à rattraper ce goujat pour le corriger quand Mademoiselle Rochois me retient.

– Il n'en vaut pas la peine, Julie. Ce n'est qu'un amant aigri.

Elle sourit devant ma mine ahurie.

– Oui, j'ai été sa maîtresse. J'ai peut-être du coffre, mais je manque d'intuition. Allons, il est temps de reprendre.

Le souvenir des mots haineux de Dumesnil me hante pendant le reste de la réception. J'imagine aller le trouver pour lui demander réparation. Mais le lendemain au réveil, mon envie de duel a cédé la place à un combat plus imminent : celui de la première.

Scène 3

Paris, décembre 1690

Nous sommes le 18 décembre, jour de la première représentation de *Cadmus et Hermione.* Méphisto partage la calèche qui m'amène de mon nouvel appartement parisien à l'Académie royale.

– Avez-vous le trac, Julie ?

– Un peu. Je ne sais pas ce qui serait le pire : que le public soit conséquent, ou qu'il n'y en ait pas.

– Oh, les spectateurs seront nombreux, je peux vous l'assurer. Tout le beau monde parisien veut admirer les mollets de cette nouvelle jeune cantatrice dont le nom apparaît pour la première fois sur les placards de l'opéra.

– Les gens viennent pour la musique, Méphisto, pas pour moi.

– C'est pour cela que je vous aime, Julie. Malgré tout ce que vous avez traversé, vous restez une éternelle naïve. Le public se fiche bien que Cadmus terrasse l'ogre Dracon et qu'il épouse Hermione à la fin. Ce sont les débuts de Mademoiselle Maupin qui l'intéressent.

Notre fiacre s'engouffre dans la rue Saint-Honoré qui nous mène jusqu'au Palais-Royal. Il est à peine seize heures, mais la chaussée est déjà animée malgré le froid. Dans la lumière entre chien et loup, je distingue tour à tour les perruques et les chapeaux à trois gouttières des aristocrates, les robes et les vestes passementées des courtisans, les casaques bleues aux quatre croix de velours des mousquetaires, les manteaux rouges des officiers et même quelques soutanes d'abbés.

Les chevaux fendent péniblement la masse de gens amalgamés autour de l'opéra. Une multitude grandissante s'entasse patiemment dans le cul-de-sac devant l'entrée, dont les portes s'ouvriront bientôt.

Quelques marchands se frayent un chemin à coups de coude au milieu de cette foule compacte pour vendre trente sols les livrets aux futurs spectateurs. Des retardataires tentent encore de trouver une place libre. Je comprends à leurs cris de frustration que les premières et les secondes loges sont aujourd'hui aussi complètes que le parterre.

Notre propre attelage passe heureusement par une grille réservée aux artistes. À peine l'avons-nous franchie que le bruit de la rue décroît brutalement. Méphisto m'offre son bras pour m'accompagner jusqu'à l'entrée du bâtiment.

– L'opéra est tout l'inverse de l'océan, Julie. La tempête y précède le calme. Je vous laisse ici. Je vous attendrai à la sortie.

–Vous ne venez pas m'encourager ?

–Vous aurez une foule d'admirateurs pour cela – et j'ai déjà aperçu vos mollets.

Il m'abandonne après m'avoir adressé un clin d'œil complice. Je m'engouffre dans l'enfilade de couloirs qui me conduit jusqu'aux loges. Les habilleuses y sont affairées autour des sœurs Moreau. Louison me salue du bout des lèvres. Fanchon m'accorde quant à elle un accueil plus chaleureux qu'à l'accoutumée. Je ne me laisse distraire ni par son sourire, ni par ses fines jambes dénudées qui attirent mon regard. Aujourd'hui plus que jamais, je dois rester concentrée.

Mademoiselle Rochois et Hardouin arrivent à leur tour pour gagner leurs loges individuelles pendant que je commence à mettre mon costume. J'enfile la toge et le casque qui me transforment en Pallas Athéna. Me voici prête à monter sur scène.

Nous rejoignons tous Francine sur le plateau, pour l'instant fermé par le rideau derrière lequel nous entendons l'orchestre s'accorder. Le directeur passe un œil pour observer la salle. Il arbore un sourire plus que satisfait quand il se retourne vers nous.

– Le public est aussi impatient que moi. Je prédis un succès.

Hardouin et Mademoiselle Rochois lâchent un discret merci, la tête froide. Fanchon ne dit rien. Louison applaudit des mains en glougloutant comme une dinde. Je me contente de m'incliner respectueusement.

Le chœur prend place pour le prologue tandis que nous regagnons les coulisses. Francine s'assure que les musiciens sont prêts avant de faire signe au régisseur à l'autre bout de la scène. L'homme s'empare d'un brigadier qu'il fait retomber trois fois sur le plancher. Le brouhaha s'atténue dans la salle, jusqu'à disparaître complètement quand le lourd rideau de velours rouge se lève.

L'opéra commence. Je reste concentrée jusqu'au tout

début de l'acte deux, où je fais alors une entrée remarquée sur mon imposant char ailé.

Va, Cadmus que rien ne t'étonne,
Va, ne crains ni Junon, ni le Dieu des Combats.
Ose secourir Hermione :
Tu vois dans ton parti la guerrière Pallas,
Cours aux plus grands dangers, je vais suivre tes pas ;
C'est Jupiter qui me l'ordonne.

Je me sens véritablement Athéna, galvanisée par l'énergie qui se dégage de la scène. La représentation se poursuit sur cette même lancée. À mon second passage, j'aperçois mon père dans les premiers rangs. Son visage rayonne de fierté.

La prédiction de Francine se révèle exacte : cette première est un succès qui connaît des ovations nourries. J'ai le cœur qui palpite quand Mademoiselle Rochois s'empare de ma main pour le salut final. Mon père se lève pour nous applaudir à tout rompre.

Le directeur nous attend à notre sortie de scène.

– Je n'ai qu'un mot à vous dire : bravo. Si le roi n'était pas présent, il a assurément béni cette représentation pour qu'elle soit un tel triomphe.

Nous le remercions, et nous nous félicitons tour à tour. Francine annonce qu'il a commandé de quoi porter un toast dans le grand salon. Je me rembrunis en revanche quand j'entends Fanchon décliner cette invitation. J'ai beau essayer de faire bonne figure, je ne peux totalement dissimuler que son absence gâche un peu ma soirée. Je bois beaucoup et pars tôt – malgré Mademoiselle Rochois qui cherche à me retenir – pour retrouver le Diable. Surpris, il se lève d'un bond du banc sur lequel il était assis, devant l'entrée du bâtiment.

– Le succès est parvenu jusqu'à mes oreilles, Julie. Mes félicitations à l'étoile montante de l'opéra. Mais pour quelle raison avez-vous abandonné si tôt vos compagnons de chant ?

– Pour avoir le plaisir de vous retrouver.

– C'est aussi flatteur que mensonger. Allons, marchons un peu.

Nous remontons la rue Saint-Honoré. Face à mon silence, le Diable me relance.

– Une histoire de cœur, n'est-ce pas, Julie ? Quel est le nom de ce nouvel amour ?

Je lâche un soupir.

– Fanchon.

– Françoise Moreau ? Vous avez du goût, Julie. N'ayez cependant pas trop d'espoir. Elle a pour prétendant de nombreux aristocrates.

– Je serai donc le vent de fraîcheur qui soufflera les parfums de ces vieux décrépits.

– Ils ne sont pas tous âgés, et tous ont de l'argent. Un argument qui, dit-on, a de quoi plaire à votre Fanchon.

– Peu importe, de toute façon. Je n'arrive jamais à la voir assez longtemps pour lui parler. Elle disparaît après chaque répétition.

– Si j'osais, j'avancerais une fois de plus qu'une simple signature pourrait tout arranger…

– Non, n'osez rien, Méphisto.

Il s'exécute avant de me poser une nouvelle question.

–Vous voilà à vous habiller en robe tous les jours pour incarner Mademoiselle Maupin de l'opéra. Votre tenue et vos leçons d'escrime ne vous manquent donc pas ?

– Non.

Le Diable reste sceptique face à la réponse trop rapide que je lui donne. Je ne suis pas sûre de me convaincre moi-même. Je chasse ces pensées de ma tête. Si je veux entrer dans le monde, il me faut oublier l'insolente Julie la bretteuse pour devenir la charmante Mademoiselle Maupin.

Qu'importent mes forces qui déclinent en même temps que l'euphorie de la première : la carrière de Mademoiselle Maupin vient de commencer.

Scène 4

Paris, janvier 1691

Cadmus et Hermione confirme son succès la semaine suivante. Certains promeneurs me reconnaissent désormais quand ils me croisent dans les rues de la capitale. J'entends mon nom chuchoté sur mon passage avec admiration. Je mentirais si je disais que je ne trouve pas cela grisant.

Je deviens pleinement cette Mademoiselle Maupin si élégante, si souriante en toutes circonstances. Julie la colérique est bien loin, avec ses méchantes humeurs et ses accès de rage. Pourtant, la rapière accrochée à la patère dans ma chambre attire quelquefois mon regard comme une tentation oubliée. Je dois me résigner à être une femme parfaite si je veux réussir dans cette société.

Avec la marée montante du succès viennent les vagues de courtisans. Malheureusement, leurs avances n'ont pas la finesse des bouquets de fleurs qu'ils m'offrent.

– Ces mufles agissent comme si leurs cadeaux leur donnaient le droit de me posséder, Méphisto.

– Bienvenue dans le monde, Julie. Les académies royales

de musique et de danse sont les terrains de chasse des nobles, comme la forêt est celui du grand veneur. La seule chose qui diffère est que les princes préfèrent attraper leurs danseuses à coups de bijoux plutôt que de fusil. Chacun veut la sienne bien à lui. Le duc de Valentinois a sa Dufort ; celui de Chartres, sa Florence ; et le Dauphin lui-même, sa Raisin, au grand dam de son ancienne maîtresse, la marquise de Roure.

– Vous oubliez de préciser qu'il n'y a que les femmes qui sont ainsi réduites en gibier en devenant artistes.

À grands coups de refus, j'arrive à tenir à distance ces gêneurs. Nous entamons des répétitions, car si *Cadmus et Hermione* reste à l'affiche, le directeur souhaite apporter quelques modifications de mise en scène avant la reprise de début d'année.

Nous voilà tous réunis dans l'amphithéâtre de l'hôtel Francine. Après chaque séance, Fanchon s'éclipse la première sans que je puisse la retenir. Entre cette frustration grandissante et le retour de mes libidineux prétendants, ma patience atteint ses limites. Aussi, quand Dumesnil montre à nouveau le bout de son nez aviné en plein milieu d'une répétition, c'est la goutte d'irritation qui fait déborder le vase de ma sérénité.

Contrairement à la première fois, Dumesnil reste d'abord en retrait pendant presque une heure. Il se contente d'afficher son petit sourire en coin que je m'empresse d'ignorer. Arrive la pause, et je m'attends à le voir lancer de nouvelles répliques assassines à Mademoiselle Rochois. Je suis désappointée quand c'est moi qu'il vient trouver.

– Mademoiselle Maupin, ce rôle d'Athéna vous va à ravir.

En plus d'avoir ces atours divins, il paraît que vous faites de véritables hécatombes de prétendants.

Rires polis de mes collègues. Gloussements de poule de Louison.

– Merci, monsieur Dumesnil. Vous ne savez pas à quel point encore je peux incarner cette déesse guerrière à la perfection.

– Oh, mais je n'attends que ça. Luttons ensemble, vous et moi.

Il se rapproche, mais je l'esquive. Son front se plisse.

– Allons, Julie. Ne voulez-vous pas qu'un autre dieu vous prenne dans ses bras ?

Il cherche à nouveau à se coller contre moi, mais cette fois je le repousse. Il retrouve in extremis son équilibre et la dignité qui lui est associée.

– Un dieu peut-être, monsieur Dumesnil, mais certainement pas un Héphaïstos trébuchant.

Le voilà rouge de colère. Ses doigts se referment en un poing. Je me prépare à esquiver son coup quand Dumesnil aperçoit les yeux scrutateurs de Francine posés sur lui. Sa main se relâche alors. Il redresse le menton avant de chuchoter, de telle sorte que je sois la seule à l'entendre :

– Tu auras beau jouer toutes les déesses du panthéon, tu resteras une catin.

Il quitte la salle en fureur. Francine nous demande de remonter sur scène pour ne pas laisser le temps à un silence gêné de s'installer. Je rumine intérieurement les dernières paroles de Dumesnil. Je suis en colère, mais j'arrive à patienter jusqu'à la pause suivante pour aller trouver le directeur.

– Monsieur Francine, je suis navrée de vous annoncer que je vais malheureusement devoir quitter la répétition, si vous me le permettez.

– Pourquoi donc, Mademoiselle Maupin ?

– Une fatigue soudaine me gagne, monsieur. Je ne voudrais pas tomber malade juste avant la reprise de l'opéra.

– Ce serait ennuyeux, en effet. Rentrez chez vous, Julie, et reposez-vous. J'ai à cœur la bonne santé de mes interprètes. De *tous* mes interprètes. N'est-ce pas, Mademoiselle Maupin ?

– Bien entendu, Monsieur le Directeur.

Je retourne prestement à mon appartement pour enfiler ma tenue de bretteuse. Ma chemise et mes bottes me manquaient, mais moins que ma rapière dont je passe le fourreau en bandoulière à mon épaule. Le crépuscule est déjà là quand je ressors. J'aperçois de l'autre côté de la rue Méphisto qui m'apostrophe aussitôt.

Vous êtes-vous armée pour incarner le Cid
Ou bien préparer un futur homicide ?

Je lui réponds sans prendre le temps de ralentir.

Je vais me promener du côté du mesnil
Pour sortir ma rapière, et éprouver son fil.

Le Diable éclate de rire dans mon dos pendant que je grimpe dans une calèche. Je demande au cocher de m'emmener à l'angle des rues de la Feuillade et d'Aubusson, car je sais que Dumesnil passera à proximité pour rentrer chez lui.

Arrivée à destination, je me dissimule derrière la statue de Louis XIV qui trône au centre de la place des Victoires. La nuit est maintenant pleinement tombée. Les quatre fanaux allumés au sommet des colonnes donnent une teinte orangée aux traits de bronze du Roi-Soleil. Je fais les cent pas à côté de la grille qui entoure l'ouvrage pour chasser le froid qui m'engourdit. Les passants sont rares avec un tel temps. Heureusement, mon attente est de courte durée.

Dumesnil apparaît, une canne à la main. Je n'ai même pas besoin de bouger pour l'intercepter, car il s'avance dans ma direction, tête baissée. Je le sors brusquement de ses pensées quand je jaillis de derrière le socle de marbre.

– Bonsoir, Dumesnil.

– Qui êtes-vous ? Qu'est-ce ce que… Mademoiselle Maupin ?

Il n'a pas le temps de se remettre de sa surprise que je le gifle avec force. La claque résonne sur la place vide. Dumesnil porte la main à sa joue meurtrie pendant que je dégaine.

– Vous me promettiez tantôt que mon affront ne resterait pas impuni, alors, en garde, monsieur.

Toute superbe a déserté son visage.

– Non.

– Comment ça, non ?

– Je vous sais une escrimeuse experte, madame. Je ne croiserai pas le fer avec vous. Je vous abandonne la victoire. Après tout, je suis au bon endroit pour le faire.

Un pitoyable sourire aux lèvres, il désigne la statue du roi en costume de sacre qui piétine un cerbère vaincu. Je le dévisage, atterrée.

– Sans vous battre ?

– Oui.

Mon incrédulité cède la place à la fureur. Dumesnil le perçoit et la peur envahit à nouveau ses traits.

– Julie, pitié…

Je le fais taire en posant ma lame sous sa gorge.

– Rassurez-vous, Dumesnil. Vous ne méritez pas que je prenne le risque d'être accusée de meurtre.

Je rengaine ma rapière puis lui arrache sa canne. Je m'en sers ensuite pour le faucher derrière les genoux. Dumesnil expulse tout l'air de ses poumons quand il tombe dos sur les pavés glacés. Je reste sourde à ses supplications et commence à le frapper. Il se protège tant bien que mal le visage en gémissant. Ma colère s'apaise après une dizaine de coups. Ma main libre plonge alors dans le revers de sa veste pour en extirper sa montre et sa tabatière.

– Voilà mon salaire pour vous avoir attendu pour rien dans le froid, Dumesnil. Maintenant, hors de ma vue !

Je jette sa canne à côté de la tête de Dumesnil qui sursaute en couinant. Il gémit, se relève plié de douleur, puis ramasse son bâton avant de s'en aller en claudiquant aussi vite qu'il le peut.

Il disparaît à peine dans la rue la plus proche qu'une voix se fait entendre tout à coup dans mon dos.

– Es-tu fière de toi, Julie, d'avoir frappé ce pauvre ivrogne de Dumesnil ?

Je me retourne précipitamment. Fanchon est devant moi, la tête recouverte par la capuche de son manteau de satin noir bordé d'hermine.

– Fanchon ? Mais que fais-tu là ?

– J'attends quelqu'un, et ce n'est pas toi. Cela m'a permis d'assister à ton exploit.

Moi qui espérais une occasion de me retrouver seule avec elle, voilà que je me sens subitement honteuse.

– J'aurais souhaité que tu me voies sous un meilleur jour, Fanchon.

– Tu veux dire que tu aurais préféré que je ne découvre pas qui est la véritable Julie.

Sa réplique me fait mal, car elle est vraie. J'aurais désiré la séduire en incarnant cette Mademoiselle Maupin si parfaite. Pas la Julie rancunière qui ne maîtrise toujours pas sa colère.

– Je peux tout t'expliquer…

– Que tu t'affiches en grande dame alors qu'en fait tu t'habilles en homme pour jouer la brigande ? Une voleuse de montres qui se rêve cantatrice ? Je n'ai pas besoin d'éclaircissement, j'ai très bien compris, merci.

Pendant que Fanchon me parle, une calèche vient s'arrêter derrière elle.

– Je te laisse, Julie.

– Attends.

Elle se détourne de moi, mais je l'agrippe par l'épaule avec force. Elle me dévisage, impassible.

– Si je ne t'obéis pas, Julie, que feras-tu ? Tu me frapperas comme tu as frappé Dumesnil ?

– Non, bien sûr que non. Pardon…

Je relâche Fanchon, confuse. Je retiens mes larmes, la gorge nouée. Je baisse les yeux pour ne pas avoir à soutenir le regard de mépris qu'elle me jette.

– Je sais que tu me désires, Julie, mais moi je ne t'aime en rien. Cesse de m'importuner. Est-ce clair ?

– Oui.

Ma voix est à peine audible. Fanchon acquiesce, satisfaite.

Quelqu'un descend de la calèche pour venir se poster derrière elle. Je reconnais sans peine la silhouette à la soutane richement brodée et coiffée d'une calotte : le nonce Delphini. Les hommes d'Église ont leurs danseuses comme les autres. Il pose sur moi un regard dédaigneux, puis sourit quand il s'adresse à Fanchon.

– Bonsoir, Mademoiselle Moreau. Un problème ?

– Aucun. Partons. Au revoir, Julie.

Elle prend le bras qu'il lui offre et ils font demi-tour vers le bord de la place. J'observe, immobile, le brouillard avaler leur calèche dans la nuit. Me voilà seule et misérable au pied de la statue. J'ai l'impression que c'est moi que le Roi-Soleil broie sous sa botte.

Je me mets finalement en marche. Mes pas me conduisent jusqu'aux Bons Enfants où j'arrive transie de froid, l'esprit aussi engourdi que le corps. Cela me convient tout à fait. Fanchon ne m'aime pas. J'ai honte de moi. Je veux tout oublier.

Le Diable n'est pas dans le troquet. Je bois donc seule plusieurs bouteilles de mauvais vin. Je ne sais pas combien j'en commande exactement. Assez pour ne plus rien entendre. Ni les gens qui m'entourent, ni les pensées qui ne cessent de tourner dans ma tête. Tout devient ensuite flou. Un homme qui me bouscule, ma rapière que je dégaine, l'aubergiste qui s'interpose. Je lui hurle dessus en quittant l'établissement.

Me voilà à errer sans but dans les rues balayées par le vent glacial. Le vin me fait mal au crâne ; Fanchon, elle, m'écharpe le cœur, et ma haine pour moi-même, le ventre. J'arrive je ne sais comment sur les rives de la Seine. J'y devine mon reflet, rouge et bouffi de froid. *Es-tu fière de toi, Julie ?* Non, je ne le suis pas.

Il me semble entendre la voix de Méphisto entre deux bourrasques. Je dois rêver. J'avance jusqu'à me retrouver tout au bord du fleuve. Ses eaux sombres m'apparaissent brutalement si attirantes. Je fais alors un dernier pas pour tout oublier. Le choc glacé me réveille un instant, mais le noir m'avale bien vite à nouveau quand je commence à couler.

Scène 5

– Par tous les moi-même, Julie, réveillez-vous !

Je sens que l'on appuie fermement plusieurs fois sur ma poitrine. Puis, tout à coup, je me redresse et expulse toute l'eau que j'avais encore dans les poumons. J'aperçois à travers mes paupières entrouvertes le visage soulagé du Diable. Ma tenue de bretteuse est trempée. Je me laisse retomber sur les pavés humides.

– Dieu soit loué, vous êtes vivante !

– « Dieu soit loué » ? Vous vous égarez, Méphisto.

– C'est que vous m'avez fait une belle frayeur. Je me suis rendu aux Bons Enfants juste après votre départ. Loisel m'a immédiatement averti de votre état et de la direction que vous aviez prise. Il s'en est fallu de peu que j'arrive trop tard.

– Pourquoi ne m'avez-vous pas laissée me noyer ? Les suicidés vont en enfer. Vous auriez eu mon âme sans avoir à me convaincre de signer votre satané contrat.

– Parce que c'est encore une mystification de l'église.

– Décidément, on ne peut plus faire confiance aux prêtres. Voilà un de leurs mensonges de plus, comme celui de l'argent qui sert à tuer les loups-garous.

– Ah, si, l'argent, ça fonctionne ! Vous confondez avec

l'ail pour les vampires. À ce propos, vous ai-je raconté que j'avais rencontré Vlad Tepes en Transylvanie ? C'est moi qui lui ai suggéré l'idée d'empaler ses adversaires, ce qui a forgé sa légende…

– Je n'ai que faire de votre vampire des Carpates, Méphisto ! Qu'il aille en enfer !

– Oh, mais il y est déjà.

– Eh bien, rejoignez-le, et laissez-moi mourir en paix ! La vie ne m'est plus rien si Fanchon ne m'aime pas.

– Ah, non ! Je veux bien vous supporter en comédienne aux passions béates, mais il est encore un peu tôt pour jouer les tragédiennes romantiques ! Moi aussi, Jésus a refusé mes avances quand je l'ai tenté dans le désert. Je ne me suis pas jeté dans le Styx pour autant ! Je me suis certes vengé en convainquant Judas de le dénoncer à Ponce Pilate…

– Votre vérité est décidément bien différente de celle de la Bible.

– Il faut vraiment que je vous rapporte ces manuscrits de la mer Morte dès que j'en aurai l'occasion.

– J'ai mal au cœur, Méphisto, car Fanchon me l'a brisé.

– Vous vous méprenez, Julie. C'est du crâne que vous souffrez, car vous avez trop bu. La seule chose de cassée est la dernière bouteille que vous avez achetée et qui vous a valu d'être expulsée des Bons Enfants.

Je me redresse trop vite sur les coudes. Ma tête se met instantanément à tourner.

– Vous avez raison, Méphisto. C'est le vin plus que l'amour qui me ravage. Je voulais oublier Fanchon.

Le Diable prend une voix plus posée.

– Ne continuez pas à vous mentir à vous-même, Julie.

J'inspire un grand coup et ferme les yeux.

– C'était ma honte que je voulais noyer. Celle de m'être emportée, d'avoir battu une personne qui ne pouvait pas se défendre, de l'avoir volée, et que l'on m'ait surprise à le faire. Je me répugne.

– Cela arrive, parfois. Mais croyez-en un expert : si vous n'êtes pas une sainte, Julie, vous n'êtes assurément pas non plus un démon. Il va falloir que tout le monde vous accepte telle que vous êtes. Cela commence par vous-même.

Je suis touchée par cette tirade inattendue. Décidément, il y a bien encore un peu d'ange dans ce diable-là.

– Merci, Méphisto. Pour vos paroles, et pour m'avoir sauvé la vie.

– De rien. Promettez-moi cependant que tout ceci restera entre nous. Ma réputation en pâtirait, si cela venait à se savoir *en dessous*.

– N'ayez crainte, le secret sera bien gardé.

La fatigue prend finalement le dessus et me fait sombrer dans le sommeil. Je me réveille quelques heures plus tard dans un lit à baldaquin qui n'est pas le mien. La lumière du jour qui filtre par la fenêtre me fait plisser les yeux. Je me redresse cette fois avec plus de précautions pour détailler la pièce du regard. Elle est richement meublée. Je reconnais alors les murs et les parquets. Ce sont ceux de la Petite Écurie.

Mes yeux tombent enfin sur le Diable, confortablement assis dans un fauteuil au pied de mon lit. Il me dévisage avec un sourire de matou ravi.

– Méphisto, où sommes-nous ?

– Dans mes appartements, où j'ai veillé sur vous jusqu'à maintenant. Ne faites pas cette tête étonnée, Julie. Oui, j'ai peut-être intrigué pour me faire inviter par votre père.

– Je comprends mieux à présent pourquoi je vous y croise si souvent quand je viens lui rendre visite.

– J'ai pensé qu'il valait mieux vous ramener discrètement chez moi plutôt que d'aller chez vous.

Je sors du lit avec précaution. Je porte toujours ma tenue, désormais sèche.

– Quelle heure est-il ?

– Onze heures ne devrait plus tarder.

– Alors je peux encore me rendre à ma répétition. Elle ne commence qu'à quatorze heures aujourd'hui.

– Est-ce bien raisonnable ?

– Un ami m'a récemment dit qu'il fallait que je m'assume comme je suis.

Je vois pour la première fois le Diable afficher un air gêné. Je détaille mes vêtements et pousse un soupir résigné.

– Mais j'ai besoin avant tout de me plonger dans autre chose que la Seine. Je ne porterai désormais plus de robes que sur scène. Mademoiselle Maupin apparaîtra au grand jour telle qu'elle est vraiment : une bretteuse qui se promène rapière au flanc.

C'est au tour au Diable d'être ému. Encore quelques mois, et c'est peut-être moi qui lui proposerai un contrat pour regagner le paradis.

Un bain chaud et une nouvelle tenue plus tard, me voilà prête à monter dans une calèche. J'avais oublié à quel point le voyage de Versailles à Paris est long et éreintant. Je me félicite encore d'avoir loué cette chambre qui m'évite de fastidieux trajets quotidiens.

La calèche me dépose juste à l'heure pour la répétition. Je monte deux à deux les marches du grand escalier de l'hôtel Francine. C'est avec une certaine surprise que je reconnais la voix qui s'échappe par la porte entrouverte de l'amphithéâtre.

– … j'ai résisté aux mécréants. Mais à trois contre un, que pouvais-je bien faire ? Je me suis défendu comme un lion. Ils m'ont finalement jeté à terre, puis ils m'ont volé ma montre et ma tabatière avant de me rouer de coups.

– Oh, pauvre Louis, comme vous avez dû souffrir !

La voix qui minaude est celle de Louison. Je suis autant abasourdie par la présence de Dumesnil que par le récit qu'il fait de notre rencontre d'hier. J'ouvre toute grande la porte de la salle de répétition pour y pénétrer d'un pas que j'espère assuré.

Toutes les discussions cessent aussitôt en même temps que les regards convergent vers moi. Je ne sais ce qui étonne le plus l'assemblée : que je sois là alors que je me prétendais souffrante, ou ma tenue de bretteuse.

– Bonjour à tous !

Je cherche dans ma poche les objets que j'ai volés la nuit dernière. D'un air détaché, je les jette à Dumesnil qui les attrape maladroitement.

– Je vous rends votre montre, Louis, car me voilà bien à l'heure. Quant au tabac, je vous remercie, il était fameux.

Quelques rires accompagnent ma tirade. Dumesnil, lui, se décompose, car tous ont à présent compris que c'est moi, et non un groupe de brigands, qui lui ai donné une leçon quelques heures plus tôt.

– Merci, Julie. Je vais maintenant vous laisser à votre répétition.

Il s'en va, tête basse comme un chien battu, en s'écartant le plus possible de moi. La porte se referme dans mon dos pendant que le directeur me rejoint en quelques enjambées.

– Je suis rassuré de voir, Mademoiselle Maupin, que vous êtes en aussi bonne santé que monsieur Dumesnil. J'aurais été fort marri s'il était arrivé quelque chose à l'un de vous deux.

– Une chance en effet, monsieur Francine. Ni lui ni moi n'avons perdu notre voix.

– Vous-même avez gagné une épée.

– N'ayez aucune inquiétude, monsieur. Elle ne m'empêchera pas de chanter.

– Faites quand même en sorte qu'elle reste où elle doit se trouver : à sa place.

Je m'incline respectueusement devant le regard sévère du directeur, mais un sourire discret vient plisser le coin de mes lèvres dès qu'il me tourne le dos. Julie l'insolente est revenue.

Acte V

L'ange au balcon

ÉTRENNES *

À Mademoiselle Maupin

Vous embellissez tous les ans :
Tous les ans des grâces nouvelles
Sont les ordinaires présens
Que vous fait la Reine des belles.

On m'a dit qu'ils vous plaisent fort.
Et cela ne me surprend guère :
Plaire a toujours été le fort
Des présens que Vénus sait faire.

Mais si le petit Cupidon
(Comme peut-estre il s'y dispose)
Vouloit aussi vous faire un don,
Comment prendriez-vous la chose ?

* Madrigal sur Mademoiselle Maupin offert par un anonyme au *Mercure galant*. Avril 1703, p. 166.

S'il venoit vous offrir un cœur,
Un cœur ardent, sincère, tendre.
Et que vostre regard vainqueur
Auroit eu seul l'art de surprendre.

Un cœur qui vous aimeroit bien,
Un cœur soumis, un cœur fidelle,
Un cœur enfin comme le mien
(Car mon cœur est sur ce modelle).

Si donc ce petit Dieu d'Amour,
L'Enfant chéry de la Déesse,
Venoit vous offrir en ce jour
Quelques présens de cette espèce ;

Aimable Lisette, entre nous,
Bannissez d'icy le mistère,
Parlez, les recevriez-vous
Comme les présens de sa mère ?

Scène I

Paris, septembre 1694

Les trois années suivantes passent aussi vite qu'autant de pages tournées dans un livre. J'enchaîne les succès lyriques, illuminée par les lustres de l'opéra et par ses rampes de godets remplis de suif.

Nous partageons désormais la scène avec Gabriel, qui a quitté les chœurs pour devenir soliste comme moi. À ses côtés, je deviens Junon dans *Isis*, la tragédie de Quinault et Lully, puis je suis Cassiopée, la terrible reine d'Éthiopie dans leur *Persée*. Mon père est sans voix quand il apprend que le Dauphin lui-même assiste à une représentation du *Didon* de Desmarets.

– Après cela, il ne te reste plus qu'à jouer devant le roi lui-même, ma fille !

Je n'attache pas autant d'importance aux titres de noblesse de celles et ceux qui m'écoutent chanter. Nous partageons avec mon père une complicité nouvelle depuis mon retour. Il me rapporte, sourire aux lèvres, toutes les chroniques qui encensent mes interprétations. Il vilipende en revanche les gazettes parisiennes qui colportent leurs ragots sur *l'autre* Mademoiselle Maupin, celle qui fréquente les Bons Enfants et qui en vient parfois aux mains.

Le directeur Francine condamne bien entendu mes frasques. S'il a d'abord peur que cela nuise à ses opéras, il se rend vite compte, au contraire, que mon nom attire davantage les spectateurs qu'il ne les fait fuir. J'ai même droit à ma propre chanson, fredonnée sur l'air d'une rengaine populaire.

CHANSON
Sur l'air : *O filii et filiæ*

La Maupin disait l'autre jour :
J'iray à Marly à mon tour
Avec d'Albert et Luxembourg
*Et Brindamour**

Si le nombre de mes admirateurs ne fait que grandir, je ne suis attirée par aucun. Il est cependant un personnage qui m'intrigue, une femme aux robes luxueuses qui se penche à l'un des balcons dès que j'entre en scène. Son regard me parle invariablement de désir quand il capte le mien.

– Savez-vous, père, à qui appartient cette loge ?

– C'est celle du marquis de Florensac et de son épouse. Pourquoi donc ?

– Ils ne manquent aucune de mes premières.

– Tu as là de bien beaux admirateurs, Julie.

* Chansonnier historique, BNF (Manuscrits français), p. 309.

– Ils ne sont rien comparés à vous qui assistez à toutes mes représentations.

– C'est que, moi, je suis affamé de te voir, ma fille.

– Pourquoi tant d'appétit ? Rien ne presse.

Je comprends alors son silence. Le bonheur de mon père grandit en même temps que sa santé se dégrade avec l'âge. Le temps va nous manquer pour nous connaître davantage. Je pose ma main sur son bras. S'il est une leçon que la perte de mon maître de chant m'a apprise, c'est qu'il faut profiter de celles et ceux à qui vous tenez tant qu'ils sont encore là. Pour l'amour, demain n'existe pas.

La faucheuse a frappé une première fois à la porte de ma vie. Je la croyais partie. Si elle revient, c'est pour me faire comprendre que, désormais, elle ne quittera plus mes pas, jusqu'au jour où c'est sur mon épaule qu'elle posera la main. Le désir, l'amour et maintenant la mort. Un trio qui annonce un autre trépas : celui de l'enfant qui résistait encore en moi.

L'urgence de mon père devient la mienne. Je chante afin de remplir de bonheur ses derniers instants, comme on change l'eau des fleurs d'un bouquet dont on voudrait qu'il ne se fane jamais.

Mon père est mal en point en ce début d'année, mais il insiste pour être présent à ma première dans *Ulysse*. Quand je l'aperçois qui s'installe au premier rang, sa blancheur me tord le ventre. Ce soir-là, je n'ai pas de mal à trouver en moi la souffrance pour jouer la malheureuse Pénélope.

Hâtez-vous, bienheureux moments !
Ah ! Satisfaites mon attente ;

Que ma douleur impatiente
Me cause de cruels tourments !
*Hâtez-vous, bienheureux moments** !

Mon père a un malaise à la sortie de l'opéra. Je renonce à le transporter dans cet état jusqu'aux Petites Écuries et le ramène en urgence dans mon appartement, à deux pas d'ici. Il veut me convaincre que ce n'est rien, mais on ne ment pas facilement à une comédienne. Je sais que ses paroles seront les dernières.

– Ce soir, Julie, tu as incarné une bien belle Pénélope. Cependant, le directeur de l'opéra doit mal te connaître. Tu es davantage une Ulysse aventurière qu'une femme qui patiente jusqu'au retour de son époux – monsieur Maupin peut en témoigner !

Nous éclatons de rire.

– C'est moi, ton père, qui suis une Pénélope, à t'avoir attendue ici pendant ton voyage de dix ans en province.

– Il n'a duré que dix mois, c'est tout.

– C'est une éternité lorsque l'on tient à quelqu'un, crois-moi. Pénélope ou Ulysse, je t'aime comme tu es, Julie, et je suis fier de toi.

– Merci, papa. Moi aussi.

Je le prends dans mes bras. Il ferme les yeux quelques minutes plus tard pour ne jamais plus les ouvrir. Je fredonne à voix basse tandis qu'il s'endort pour son dernier voyage.

* GUICHARD (Henry), *Ulysse*, opéra, acte I, scène 6.

Que le plaisir est extrême,
De revoir ceux que l'on aime,
Tout rit, tout comble nos vœux,
Les Dieux nous offrent des jours heureux,
Ranimons notre tendresse,
*L'Amour règne en ces lieux**.

Mon père meurt le premier jour d'un mois de septembre particulièrement glacial. Pour lui, je chante à l'église pour la première et la dernière fois. Tandis que l'on porte son corps en terre, la froidure me permet de garder mes larmes enfermées. Elles gèlent au coin de mes yeux avant de pouvoir couler.

* GUICHARD (Henry), *Ulysse*, opéra, acte V, scène 4.

Scène 2

Paris, octobre 1694

Pour ma consolation, *Ulysse* reçoit de si mauvaises critiques que Francine est contraint de le retirer de l'affiche juste après la première. L'unique représentation de cet opéra devient mon cadeau d'adieu à mon père. Cela m'aide à porter le deuil de penser que la seule fois que j'ai incarné Pénélope, je l'ai fait pour lui.

Les condoléances se multiplient à mon intention. Même Méphisto me partage quelques mots d'amitié. De toutes les démonstrations de sympathie que l'on m'adresse, c'est une courte lettre laissée dans ma loge qui me touche le plus.

Mademoiselle Maupin,

*Il y a quelque chose de plus fort que la mort, c'est la présence des absents dans la mémoire des vivants**.

* D'ORMESSON (Jean). Extrait de son discours de réception à l'Académie française (6 juin 1974).

Puissent ces mots vous aider à surmonter votre perte.
Avec toute mon affection,

Marquise de Florensac

Il aura fallu attendre le décès de mon père pour que mon admiratrice prenne contact avec moi. Je la remercie intérieurement pour son message qui atténue en effet mon chagrin.

Je patiente jusqu'au nouvel opéra pour apercevoir la marquise à son balcon. Elle me sourit en prenant garde à ce que son époux ne la surprenne pas. Je comprends alors qu'elle n'est pas libre d'aimer à sa convenance. Il faudra me contenter de ses seuls mots écrits, à défaut d'entendre sa voix. Je la remercie d'une discrète révérence. Puis, quand vient le moment des saluts, c'est à elle que j'envoie un baiser du bout de mes doigts.

Je replonge dans le fleuve de mon existence, plus affranchie que jamais. Ma liberté assumée ne m'attire pas que des amitiés, malheureusement. Il me faut la défendre à coups de poing, et parfois même croiser le fer. Les duels sont plus que jamais interdits dans Paris, aussi ce n'est qu'en extrême recours que je dégaine ma rapière. Je fais en sorte de n'infliger que des estafilades à mes adversaires – car oui, je sors toujours vainqueuse* de ces affrontements.

À quelques rares occasions, la blessure se fait plus grave. Il arrive également que l'homme que j'enrage soit moins meurtri dans sa chair que dans son orgueil. Pour peu qu'il ait

* Oui, *vainqueuse* est un mot rare, mais qui existe bel et bien depuis le XVIe siècle, et qui a été utilisé jusqu'au début du XXe siècle, et même encore aujourd'hui dans la presse.

quelque influence, le voilà qui porte plainte contre moi. Je vois aussitôt apparaître les agents de police, vite suivis par leur lieutenant qui se charge personnellement de mon cas.

La Reynie m'interroge longuement, inspecte la scène du combat dans ses moindres détails, convoque des témoins. Puis, quand il ne fait plus aucun doute qu'il ne s'agit pas d'un duel mais d'une agression dont je suis la victime, La Reynie rédige, à contrecœur, le procès-verbal qui m'innocente.

– La prochaine fois, madame Maupin, vous ne vous en sortirez pas. Je vous conduirai alors dans une cellule froide et humide.

– C'est Mademoiselle Maupin, si vous le voulez bien. Un conseil d'amie, lieutenant : quand vous invitez une dame, promettez-lui plutôt une chambre au lit moelleux et fleuri. Vous aurez davantage de chance qu'elle vous dise oui.

J'abandonne La Reynie furieux pour retourner à ma vie. Je suis heureuse. Je suis libre. Qu'importe ce que les autres pensent de moi – je ne me sens jamais aussi bien que lorsque je suis simplement moi-même.

Puis, un soir glacé de novembre, alors que je sors d'une répétition qui a tardé jusqu'au début de la nuit, je me retrouve nez à nez avec deux voyous épées à la main. Ils s'en prennent à une troisième personne également armée, dont le visage est dissimulé par une large écharpe. Je vais immédiatement proposer mon aide à cette dernière en dégainant ma rapière.

Permettez, je vous prie, que je me joigne à vous
Équilibrant ainsi le combat qui se joue.

Les agresseurs hésitent à poursuivre l'escarmouche maintenant qu'ils viennent de perdre leur supériorité numérique. Un des deux se décide finalement à reprendre l'assaut, imité par son comparse. Ils auraient tous deux mieux fait de s'abstenir. Nous sommes de bien meilleurs bretteurs que ces vulgaires malfrats que nous désarmons sans difficulté. Ils s'enfuient aussi vite qu'ils étaient apparus.

Je préfère vraiment vous voir à mes côtés,
Car je connais déjà vos talents à l'épée.

La voix étouffée par l'écharpe m'est familière. Ma mémoire se ranime juste avant que la silhouette découvre son visage et confirme mes souvenirs.

– Joseph ?

– Non : Louis-Joseph d'Albert de Luynes, capitaine du régiment du roi !

Nous éclatons de rire avant de nous prendre dans les bras. Mon cœur s'emballe, et ce n'est pas à cause du combat. Le dragon endormi s'est réveillé, et son souffle embrase maintenant à nouveau tout mon corps.

– Tu es de retour à Paris ! Il va falloir tout me raconter. Viens, je connais le parfait endroit pour cela.

Nous nous rendons sans attendre aux Bons Enfants. Nous y trouvons le Diable attablé, qui lâche un profond soupir quand il aperçoit celui qui m'accompagne.

– Cela commençait déjà mal dès mon arrivée, quand Loisel m'a annoncé qu'il n'avait plus de vin du Jura. Me voilà condamné à boire de sa Mondeuse, qui rime si bien avec râpeuse. J'oubliais que les mauvaises soirées sont comme les apocalypses : elles ne se contentent pas d'un seul fléau. Bonsoir, Joseph.

– Bonsoir, Méphisto. Je constate que vous n'avez pas changé.

– Asseyez-vous, et racontez-nous donc vos passionnantes aventures. J'imagine que vous êtes ici pour cela.

Joseph ne répond pas, mais ses yeux cherchent un instant à croiser les miens. Nous nous installons avec le Diable. Joseph a rejoint le régiment de dragons placé sous les ordres du maréchal de France, le duc de Luxembourg, qui mène la guerre contre la Ligue d'Augsbourg. Il ne sait pas encore qu'il s'engage dans une campagne de quatre ans. La France gagne un premier combat à Fleurus quelques mois à peine après notre séparation.

– Nous avons poursuivi avec le siège de Mons. Le roi lui-même était présent quand la ville est tombée.

Le maréchal de France va alors enchaîner les succès militaires. Les années suivantes, l'armée de Louis XIV remporte les batailles de Leuze, de Steinkerque et de Neerwinden.

– Entre soldats, nous surnommions le duc de Luxembourg « le tapissier », tant il capturait de drapeaux ennemis.

La guerre dans les Flandres se poursuit au début de cette année 1694. Cependant, le duc, épuisé et malade, décide de rentrer à Versailles juste avant l'hiver.

– Des permissions ont été accordées à plusieurs régiments, dont le mien. Me voilà de retour à l'instant à Paris.

Méphisto exhale un nouveau soupir.

– Mais quand même : toutes ces guerres, et pas un ennemi

pour ne serait-ce que vous égratigner le bras. Soit vous ne dites pas toute la vérité, Joseph, soit les Allemands sont de piètres soldats.

– Il y a une autre possibilité : que je sois un combattant de renom.

– C'est bien ce que je pensais : vous mentez.

Je détaille à mon tour à Joseph mes aventures en province, puis mon retour à la capitale et les débuts de ma carrière de cantatrice. Nous abandonnons le Diable pour errer dans les rues, puis nous prenons une calèche qui nous ramène jusqu'aux Petites Écuries, où je propose d'héberger mon dragon plus confortablement que dans mon modeste appartement parisien. Nous mettons à profit les deux heures de trajet pour parler toujours plus.

– Une chance que je sois tombée sur toi à la sortie de l'opéra, Joseph.

– Le hasard n'y est pour rien, Julie. Je venais t'y trouver.

– Pourquoi ?

– Tu connais déjà la réponse. Elle tient en trois mots.

Nos âmes ne se sont pas oubliées. C'est au tour de nos corps de rattraper ces trois années perdues. Ma fin de soirée est délicieuse. Mon réveil, en revanche, l'est beaucoup moins.

Scène 3

Paris, novembre 1694

Je sursaute quand des tambourinements intempestifs se font entendre à l'entrée de mes appartements.

– Police, ouvrez !

J'enfile prestement mon pantalon et ma veste avant de bondir vers la porte. La Reynie avance sans attendre dès que j'ouvre le battant, suivi par deux de ses hommes.

– Bonjour, *Mademoiselle* Maupin. Ne craignez rien. Cette fois, ce n'est pas pour vous que je viens, mais pour monsieur de Luynes. Sortez-le de votre lit, je vous prie. Car c'est bien là qu'il se trouve, n'est-ce pas ?

– Bonjour, lieutenant. Je ne sais, du tact ou de la galanterie, ce qui caractérise le mieux la police parisienne. Je m'en vais chercher mon invité de ce pas, puisque c'est si élégamment demandé.

Joseph finit de se rhabiller quand j'entre dans la chambre. Il revient avec moi dans le salon, où La Reynie affiche aussitôt un sourire victorieux.

– Capitaine Louis-Joseph d'Albert de Luynes, je vous

arrête pour fait d'armes et duel sur la voie publique. Je vous prie de m'accompagner à la Conciergerie où vous attend une cellule *fleurie*.

– Lieutenant, je ne peux refuser une aussi généreuse invitation. Je vous suis.

Pendant que les policiers se placent de part et d'autre de Joseph, La Reynie se tourne vers moi.

–Vous aviez raison, Mademoiselle Maupin. Les prévenus disent plus facilement « oui » quand on y met les formes. Je sais que vous étiez également là hier soir, mais les témoins vous ont vue arriver après le début de la rixe. Si vous vous en sortez encore, je suis cependant venu jusque chez vous, aujourd'hui. Je me rapproche. Demain, c'est vous que j'emmènerai.

J'ignore ses menaces pour rejoindre Joseph.

– Tout cela sera rapidement éclairci, j'en suis persuadée.

– Espérons-le, Julie.

Il part, encadré de près par les policiers. Je devrais être furieuse contre La Reynie, mais l'inquiétude écrase ma colère. Parce qu'une affaire de duel peut toujours se montrer plus délicate que prévu. Parce que, maintenant que j'ai retrouvé Joseph, je me découvre plus d'amour pour lui encore que je le pensais.

Je vais rendre visite à Joseph tous les jours, chaque fois que mes répétitions le permettent.

– Bonne nouvelle, Julie ! Le lieutenant ne m'a pas menti. Il y a bel et bien un bouquet de fleurs pour décorer ma cellule.

– Qui l'aurait cru : La Reynie peut avoir le sens de l'humour.

L'endroit est moins une prison qu'une chambre aménagée.

On n'enferme pas un officier du roi dans une cage rouillée remplie de rats.

– La mauvaise nouvelle, Joseph, quelle est-elle ?

– Je risque de rester ici quelque temps encore.

Il m'explique qu'il a un différend avec un certain monsieur de Reignac, aristocrate influent à la cour.

– L'un de mes deux agresseurs, c'était lui. Il a été reconnu par des badauds pendant sa fuite. Il me faut maintenant prouver que ce n'était pas un duel entre nous, mais qu'il m'a bel et bien attaqué. Évidemment, de Reignac veut me faire tomber avec lui, et il affirme que nous avions rendez-vous.

– Je peux aller le trouver pour le persuader de modifier son témoignage.

– Surtout pas ! La Reynie n'attend qu'un faux pas de ma part pour me condamner. Et l'occasion serait trop belle de te capturer, toi aussi ! Merci, Julie, mais il nous faut tous les deux faire face au plus terrible des ennemis : la patience.

L'enquête qui ne devait prendre que quelques jours s'étale maintenant sur des semaines.

– Que feras-tu quand tu seras libéré, Joseph ?

– Je fêterai cela avec toi, Julie.

– Et après ?

– J'attendrai que le Dauphin convoque à nouveau mon régiment.

– Pourquoi ne pas demeurer à Paris ?

– Parce qu'un soldat du roi répond toujours à l'appel du devoir.

– Resterais-tu ici, si je t'appelais plus fort que lui ?

Mon beau dragon est soudain muet, indécis. Je sais que s'il

déserte il sera condamné à mort. Pourtant, je voudrais qu'il me réponde « oui » sans hésiter. Je prends congé, remuée par le silence inattendu de Joseph.

Je cherche Méphisto. Je le trouve occupé à observer des entraînements de chevaux sur une place non loin de l'auberge où il aime loger quand il vient à Paris.

– Votre répétition est déjà terminée, Julie ?

– Francine m'a accordé quelques jours de repos. Je reviens de la Conciergerie.

– Comment se porte notre ami ?

– Ni son moral ni sa patience ne sont entamés.

– Et les vôtres, Julie ?

– Je ne sais pas.

Nous allons nous asseoir sur un muret. Au centre de la cour, les étalons commencent des exercices de contre-changements de main.

– Je n'ai jamais envie de quitter Joseph quand je vais lui rendre visite, Méphisto. J'ai l'impression d'être aussi niaise que cette gourde de Louison qui se pâme devant chaque joli cœur qu'elle croise. Je me sens ridicule.

– Non, vous êtes juste amoureuse. D'un amour véritable. Cela arrive, parfois.

– Elle est belle, cette Mademoiselle Maupin qui clame à tout Paris qu'elle est libre et sans attaches ! La voilà pareille aux autres, à présent.

– Les gens sont convaincus qu'ils ne peuvent partager leur existence qu'avec une seule personne. Vous, vous avez compris que le cœur peut s'apparier autant de fois qu'il ressent du bonheur. S'il y a bien quelque chose d'infini, c'est l'amour.

– Je ne veux pas me marier avec Joseph, juste qu'il reste avec moi.

– Je connais quelqu'un qui lui ressemble. Il pensait qu'ailleurs le monde était plus riche de promesses. Il regrette d'être parti, Julie, même si ce n'était pas entièrement de son plein gré. Si c'était à refaire, il resterait. Mais la vie est ainsi. Il faut accepter nos propres choix autant que ceux des autres.

– Moi, j'ai trop tardé à dire à Joseph ce «je t'aime» qui aujourd'hui ne suffira peut-être plus à le retenir.

Nous gardons le silence jusqu'à la fin de la séance de dressage. Je me sens comme cette jument qui essaye sans relâche de quitter le cercle fermé où elle se démène, et dans lequel son maître la ramène inexorablement.

Il me faut patienter jusqu'à début février pour que Joseph soit enfin relâché. Les jours suivants, lui et moi ne nous quittons plus. Nous finissons nos nuits enlacés et affamés de désir. Ma vie est à nouveau empreinte d'urgence, celle du départ de Joseph. La richesse de l'enfance, c'est ce temps qui manque tant à l'adulte.

– Bientôt, le maquillage ne pourra plus dissimuler mes cernes, Méphisto. Je sais que je dois prendre du repos, mais je ne peux pas m'y résoudre ni m'ôter de la tête qu'à tout instant Joseph peut être convoqué. J'ai l'impression que chaque moment que je renonce à passer avec lui est un instant perdu.

– Si j'ai appris quelque chose en arpentant cette terre, Julie, c'est qu'il n'y a qu'une seule époque, et qu'elle s'appelle aujourd'hui.

Je vis alors comme si demain n'existait plus. Joseph et moi traversons le printemps, plongés dans le présent, collant nos corps et nos bouches pour que notre apnée soit la plus longue possible. Puis, avec l'été, arrive la convocation tant redoutée. Il nous faut refaire surface.

– Je te promets de t'écrire, Julie.

– Promets-moi plutôt de revenir, sinon, tu découvriras que l'Allemagne et la Belgique ne sont pas assez loin pour que je vienne t'y chercher.

– Tu détesterais la guerre.

– Peut-être. Mais toi, je t'aime.

Les yeux de Joseph s'embuent un instant de larmes. Le capitaine cède la place au gamin qui joue au soldat. Nous voilà redevenus ces deux enfants qui ont grandi trop vite. Nous nous enlaçons sans rien dire, car notre silence est en cet instant plus fort que tous nos mots pour murmurer notre amour.

Nous nous séparons l'un de l'autre. Désormais, à mon désir s'attache la peur ; au départ de Joseph, l'espoir de le voir revenir.

Scène 4

Paris, juillet 1695

Joseph présente l'attente comme le plus dur des combats. Il en est un autre qui me semble plus difficile encore : celui de reconnaître que nous sommes impuissants face à certaines situations. Je serais moins désœuvrée si j'étais partie à la guerre à sa place. Au moins, j'aurais eu des adversaires de sang et de chair. C'est contre moi-même qu'il me faut lutter en restant ici. Je suis définitivement moins faite pour le jeu de patience que pour la rapière.

La première fois que Joseph et moi nous sommes séparés, j'avais le voyage pour occuper mes pensées. J'essaye de me réfugier dans mes exercices de chant. Mais ni mes heures de répétition ni mes promenades avec le Diable n'arrivent à me le faire oublier. Méphisto fait pourtant de son mieux pour me changer les idées.

– Que diriez-vous de profiter de votre pause d'été pour nous entraîner dans les salles, Julie ?

– Pourquoi pas ?

Nous voilà de retour au Cercle Saint-André-des-Arts.

Nous y retrouvons d'anciens camarades et nous en faisons de nouveaux. La solution du Diable fonctionne les premiers jours. Je reprends goût à escrimer contre Méphisto. Nous croisons même une fois La Reynie, pour son plus grand déplaisir. Il fait semblant de ne pas nous apercevoir, ce qui nous vaut un fou rire. Ce lieu familier ravive finalement ma nostalgie. Me voilà à repenser à Séranne, à notre fuite vers Marseille, puis à tout ce qui s'est ensuivi jusqu'à ma rencontre avec Joseph. J'ai beau vouloir m'en détourner, tout me ramène inexorablement à lui.

C'est à ce moment que la première des lettres promises arrive enfin. Joseph est pour l'instant bloqué à Dinant. Il m'explique qu'il ne peut rejoindre son régiment, car celui-ci est prisonnier du siège de Namur qui vient de débuter. L'armée alliée de la Ligue d'Augsbourg cherche à récupérer cette cité dont la France s'est emparée quelques années plus tôt.

– Si Joseph ne peut pas retrouver ses hommes, peut-être va-t-il revenir à Paris, Méphisto ?

– Je crains, hélas, qu'il n'ait été trop gavé de ces principes qui engraissent les futurs soldats et veulent en faire des héros.

La missive suivante donne raison au Diable. Joseph m'y annonce son intention de se déguiser en batelier pour traverser le camp ennemi puis la Meuse, afin d'entrer dans la ville assiégée. *« Quel capitaine je serais si j'abandonnais mes hommes seuls face au péril ? »* Pourquoi ne songes-tu pas à ta survie plutôt qu'à ton devoir ? Pourquoi ne penses-tu pas davantage à *moi* ?

J'apprends que son entreprise est un succès en lisant les

rares nouvelles qui filtrent de Namur jusque dans les colonnes de la presse parisienne. Je ne recevrai maintenant plus de lettres de Joseph avant que le siège soit levé.

Je me résous alors à accepter la seule chose qui pourrait encore le sauver.

– Si je signais votre contrat, Méphisto, pourriez-vous faire en sorte que Joseph revienne sain et sauf de cette guerre ?

L'étonnement du Diable cède la place à une mine confuse.

– Hélas ! non. Quand on fait un vœu auprès de moi, il faut le faire pour soi-même. Sinon, le contrat s'en retrouve caduc, et le souhait avec lui. Je suis navré, Julie. L'égoïsme seul est la vertu du démon, pas la générosité.

Me voilà condamnée à vivre au rythme des rumeurs éparses qui nous parviennent du front. Fin juillet, les secours français arrivent à Namur, mais renoncent à passer à l'offensive. Mi-août, elles bombardent Bruxelles en espérant que les troupes devant Namur se détourneront de leur siège – en vain. Fin août, un assaut est lancé pour libérer la cité. Trop tard : les assiégeants ont eu plus d'un mois pour renforcer leurs positions. L'attaque française est un échec.

– J'ai joué de mes relations, Julie. Certaines ont des contacts dans l'armée. Elles m'ont promis de me faire parvenir un courrier sitôt qu'elles apprendront quelque chose sur Joseph.

– Merci à vous, Méphisto. Du fond du cœur.

– Gardez-le pour votre dragon. Seule votre âme m'intéresse.

Août touche à sa fin. Je m'apprête à reprendre le chemin de l'hôtel Francine pour les répétitions d'un nouvel opéra quand une nouvelle tombe : Namur capitule. Nous apprenons le nombre exact des pertes chez ses défenseurs : huit mille des quatorze mille soldats envoyés. Les survivants commencent à revenir. Joseph sera bientôt de retour à Paris.

Au matin du 6 septembre, quand j'ouvre la porte de mes appartements, je me retrouve face au Diable. Il affiche une mine sévère, une lettre serrée dans la main.

– Julie...

Avant qu'il ne puisse en dire davantage, je l'agrippe par les pans de son manteau pour le plaquer contre le mur du couloir.

– Mentez-moi, Méphisto. Vous qui vous vantez d'être le seigneur des mensonges, mentez-moi !

– Il est mort, Julie.

J'étouffe un cri. Je ne veux pas le croire. Je lui arrache des mains la feuille qu'il tient pour la parcourir frénétiquement. J'espère encore que le Diable me joue un de ses mauvais tours. Puis je vois écrit ce *Louis-Joseph d'Albert de Luynes, capitaine des Dragons du roi* qui broie mon ventre et mes dernières illusions. Alors ni mes hurlements, ni la lettre que je déchire, ni mes coups de poing contre le mur n'y peuvent plus rien. Le dragon est mort et mon amour avec lui.

Scène 5

Paris, septembre 1695

Trois semaines se sont écoulées depuis la mort de Joseph. Je suis assise sur les rives de la Seine pour profiter des derniers jours de chaleur. Je me sens curieusement détachée.

Mes pensées s'interrompent avec l'arrivée du Diable qui remonte la berge dans ma direction. Il me salue sans un mot et me demande d'un geste de la main s'il peut partager mon banc. Il y prend place quand je lui en donne la permission. Nous commençons à discuter tout en observant les canards qui nagent au milieu du courant.

– Je ne suis jamais pleinement rassuré de vous trouver au bord de la Seine, Julie. Au moins, vous êtes à jeun aujourd'hui.

– Soyez sans crainte, Méphisto. Je ne plongerai pas une seconde fois dans le fleuve, même si son eau est sans aucun doute plus chaude que celle de mon précédent bain.

– J'ai croisé Gabriel en vous cherchant à l'opéra. Nous avons échangé un moment. Il semble plus heureux que jamais – et plus joufflu, aussi. S'il a arrêté de faire de la pâtisserie, il n'a point renoncé à en manger. Il m'a appris que vous n'aviez pas reconduit votre contrat à l'Académie royale de musique.

– Paris m'est devenue insupportable. Il me faut la quitter quelque temps.

– Je comprends. Savez-vous pour où ?

– Bruxelles.

– Quand ?

– Le plus tôt sera le mieux.

Il acquiesce, les yeux fixés sur un canard qui plonge en quête de nourriture. Ses pattes qui s'agitent frénétiquement dans le vide ont quelque chose de ridicule.

– Pourquoi ne suis-je pas triste, Méphisto ? Joseph n'est mort que depuis trois semaines, mais son souvenir m'apparaît si lointain. Comment est-ce possible ? Il m'a fallu plusieurs mois pour accepter le décès de Maréchal et celui de mon père. Si je les aimais, ce n'était jamais autant que Joseph.

– Vous vous êtes endurcie. Comme ce saule, là-bas. Quand il n'avait que quelques jours, cet arbre aurait été plié par une bourrasque un peu trop forte. Regardez-le maintenant, avec ses racines qui plongent profondément dans l'eau. Aucune tempête ne parviendrait à le coucher.

– Ainsi nous perdons en sensibilité ce que nous gagnons en années ?

– Seulement si vous le décidez, Julie. Il ne tient qu'à vous de devenir une adulte sérieuse et raisonnable, et de vous soumettre aux règles de la bonne société.

Je sais pertinemment que le Diable cherche à me faire réagir, mais je rentre quand même dans son jeu. Je tourne mon visage vers lui, un sourire de matou aux lèvres.

– Plutôt vivre à Limoges que de plier le genou. Je me battrai toujours jusqu'au bout.

– Vous revoilà, Julie. J'ai cru un moment vous avoir perdue. Peut-être n'est-il pas trop tard alors pour vous inviter à danser.

– Maintenant ?

– À un évènement qu'il serait dommage que vous manquiez. Un bal masqué donné au Palais-Royal, et organisé par Monsieur.

« Monsieur » n'est rien de moins que le surnom du Prince Philippe de France, duc d'Orléans, frère de Louis XIV.

– J'y suis conviée ?

– Vous, non, mais le marquis Légion de Vauvert, assurément. Il peut s'y rendre accompagné de la personne de son choix. Alors, Julie ?

– J'accepte avec plaisir, Méphisto.

– Vous m'en voyez ravi. Il paraît que Loisel a reçu quelques bouteilles de châteauneuf-du-pape. Que diriez-vous d'en partager une ? Nous ne sommes pas retournés aux Bons Enfants depuis…

Depuis la mort de Joseph. Le Diable suspend sa phrase quand il comprend sa maladresse. Je viens à son secours.

– Depuis trop longtemps, en effet, Méphisto. Allons goûter ce fameux vin. Il nous rappellera nos aventures en Avignon.

Quand nous nous levons du banc, le canard remonte de sa plongée. Il est temps que je l'imite et que je sorte moi aussi la tête de l'eau.

Le Diable finit de me convaincre de différer mon départ pour que je puisse assister à l'évènement. Je profite des quelques jours d'attente pour préparer mon voyage. Je décide de partir pour Bruxelles le lendemain du bal masqué, munie d'un seul bagage.

Le grand soir est enfin là. Méphisto passe me chercher. Sa calèche prend ensuite la direction du Palais-Royal. L'attelage ralentit derrière ceux qui attendent déjà devant les grilles. Nous pénétrons au pas dans la cour principale. Le cocher immobilise les chevaux au pied de l'escalier qui mène à l'entrée. En haut des marches, les courtisans nous dévisagent sous leurs masques.

Je porte un discret masque noir qui couvre mes yeux mais ne dissimule aucun de mes traits. Je suis habillée en homme, avec une veste de soie rouge galonnée d'or passée sur une chemise blanche. Un nœud de rubans est attaché à mon épaule gauche, flottant au-dessus des passementeries qui courent le long des manches. Des jarretières retiennent mes bas assortis glissés dans des bottines en cuir.

Le Diable, lui, n'est que luxe, de ses chaussures à talon haut jusqu'à son chapeau empanaché de nombreuses plumes de paon, en passant par sa chemise à jabot, son manteau bleu de nuit et sa rhingrave, ornée de tant de nœuds d'ornement qu'elle l'oblige à marcher les jambes écartées. Si je me suis contentée d'une très sobre brigadière, Méphisto a opté pour une imposante perruque à la royale, dont les boucles poudrées lui retombent sur la poitrine. Mais c'est indéniablement son masque de cire aux quatre faces finement ciselées qui provoque autant d'exclamations de surprise.

Méphisto explique ce déguisement à une comtesse qui s'est empressée de le questionner.

– Je peux le faire pivoter autour de ma tête pour présenter un nouveau visage. Chacun est une sculpture d'une personnalité de la cour. Celle dans mon dos est la face avinée de Dumesnil, un chanteur de l'opéra. Celle que je porte à l'instant est celle du Diable lui-même !

– Que vous êtes drôle, marquis de Vauvert ! Je sais bien que cette tête-ci n'est autre que votre véritable apparence.

–Votre perspicacité n'est battue que par votre beauté, comtesse.

Nous la laissons à ses admirateurs pour nous enfoncer plus avant. Nous passons la salle des gardes puis la galerie de Mansart pour pénétrer dans les salons. Si ceux de la cour du Roi-Soleil sont régis par une rigide étiquette, ceux du Palais-Royal se montrent beaucoup plus détendus. Ainsi nous avançons dans un brouhaha joyeux, ponctué de rires amusés.

Des masques grotesques sont fixés en décoration sur les murs. Ils provoquent l'hilarité de celles et ceux qui les observent de plus près. Les chandeliers posés sur les tables et les meubles de marqueterie éclairent des tentures brodées de velours bleu roi rehaussés d'or. Des fauteuils et des pliants sont alignés devant, où se sont assises quelques dames de la cour coiffées à la Fontanges et richement parées de perles, de bijoux et autres boucles d'oreilles en argent.

Dans la galerie nouvelle, vingt-quatre girandoles accrochées au plafond répandent leur lumière qui se réfléchit dans les trumeaux de glaces entre les portes-fenêtres. La salle, aménagée en piste de danse, devient alors aussi infinie que le nombre de musiciens qui se répètent dans chacun de ses miroirs.

–Voilà notre hôte, Julie : Monsieur en personne.

J'aurais pu aisément le deviner, à le voir poursuivi par une horde de courtisans à chacun de ses pas. Le Diable chuchote à mon oreille.

– Certains médisants soulèvent que les traits de Monsieur sont plus proches de Mazarin que de son père, feu le roi Louis XIII. D'autres, qu'il préférerait le chevalier de Lorraine à sa propre épouse.

– Et vous, qu'en pensez-vous, Méphisto ?

– Que tous ces gens sont fort mal renseignés. C'est moi que Monsieur vient retrouver dans ma chambre d'hôtel. Comment croyez-vous, Julie, que j'ai obtenu ces invitations ?

Monsieur sollicite le silence de l'assemblée d'une voix aussi posée qu'autoritaire. Il nous remercie d'être là et nous souhaite à tous un agréable moment. Il termine son discours de bienvenue en annonçant qu'une collation est servie.

Un salon s'ouvre pour laisser apparaître plusieurs tables dressées comme des étals de marché. Pâtisseries, confitures, oranges, limonades, thés, cafés et autres boissons sont alors proposés. Cette débauche culinaire coupe mon appétit, mais pas celle du Diable qui revient bientôt avec un chocolat chaud et une part de fontainebleau aux fraises des bois.

– Quel délice ! Vous devriez goûter, Julie.

Je n'écoute plus Méphisto, soudain attirée par une femme en face de moi, entourée de trois hommes. Mon admiratrice m'apparaissait déjà belle à son balcon. Ce mot est décidément bien insuffisant pour la décrire, maintenant que je l'aperçois à quelques pas de moi seulement.

Le Diable suit mon regard jusqu'à la silhouette élancée, vêtue d'une robe grise dont la sobriété tranche avec les tenues du reste des invités.

– La marquise de Florensac, une femme intelligente et dont le charme, dit-on, séduit plus d'un courtisan. Je ne peux que le croire, à en voir vos yeux. Ah ! Et elle est veuve depuis peu. Un malheureux accident de chasse : c'est pour une fois le porc à cheval qui s'est fait transpercer par celui à quatre pattes.

Si la marquise a perdu son mari, elle a également perdu ses chaînes. La voilà libre de vivre et d'aimer comme son cœur l'entend.

– Je vais la réconforter, Méphisto.

– Méfiez-vous, Julie. Ses prétendants ne se laisseront pas facilement écarter.

– Trois contre une. Ils ne feront pas le poids.

– Et c'est moi qui suis tombé pour péché d'orgueil…

J'abandonne le Diable à son gâteau et m'avance d'un pas assuré vers la marquise. Je capte son regard. Ses yeux se détournent d'abord avant de revenir sur moi, intrigués.

– Bonsoir, messieurs. Mes hommages, madame.

– Tout le plaisir est pour moi de vous rencontrer enfin, Mademoiselle Maupin de l'opéra.

Un des trois courtisans importunés par mon intervention se tourne vers moi avec un sourire condescendant.

– Mademoiselle, vous vous trompez d'endroit. La place des chanteuses est avec l'orchestre.

Les deux autres pouffent doucement avec des bouches en cul-de-poule. L'homme renchérit.

– De plus, vous n'avez pas adressé vos condoléances.

– Vous avez raison, monsieur. Madame, veuillez recevoir toute ma sympathie pour votre perte.

– Merci.

– Me pardonnerez-vous cet oubli en acceptant la prochaine danse ?

– J'en serai ravie.

Elle prend le bras que je lui offre. Les trois coqs courroucés lèvent bien haut les plumes de leurs crêtes pour me lancer un regard de mépris.

Un menuet se joue quand nous entrons dans la galerie de glaces. Méphisto virevolte avec quatre personnes en même temps. Sa maîtrise des pas est telle qu'il arrive à présenter toujours la même face de son masque à chacune de ses partenaires. Les applaudissements soulignent sa prouesse à la fin du morceau.

Les musiciens enchaînent avec une courante, une danse à trois temps au tempo certes élevé, mais pas assez pour nous empêcher, ma cavalière et moi, d'échanger quelques mots. Nous prenons place au centre du parquet où la marquise entame aussitôt la conversation.

– J'ai beaucoup entendu parler de vous, Mademoiselle Maupin. On dit que vous appréciez les belles femmes et le bon vin.

– C'est faux. Je bois souvent de très mauvais breuvages.

Un sourire illumine encore un peu plus son visage tandis que nous changeons de main.

– Moi qui ai l'habitude de vous voir si conquérante sur la scène, je vous trouve à l'instant bien silencieuse, Mademoiselle Maupin.

– Pourtant, j'ai tant de fois songé à ce que je vous dirais si je vous croisais. Mais il est des sentiments qui vous rendent muette.

– Alors, surtout, ne dites rien.

Arrive le moment de la danse où les cavaliers se mettent à genoux devant leur partenaire.

– Pourquoi la main que vous me tendez est si tremblante, Mademoiselle Maupin ? Auriez-vous peur ?

– Oui, que vous la repoussiez.

La marquise est touchée de me voir lui livrer si ouvertement le fond de mon cœur. Je ne ferai plus l'erreur que j'ai commise avec Joseph. Il faut offrir l'amour dès qu'il vient à éclore.

– Ne craignez rien, Mademoiselle Maupin, car je ne vous hais point.

Elle me relève du bout des doigts. Notre désir réciproque suit désormais nos pas qui s'emmêlent sur la piste de danse. Nous voilà face à face, presque à nous toucher, quand la musique se termine. Je peux sentir son parfum, et son haleine aussi brûlante que le feu qui me gagne.

– Que diriez-vous d'aller faire un tour dehors pour nous rafraîchir, madame ?

– J'irai n'importe où si c'est avec vous.

La marquise a murmuré ces mots comme si elle-même craignait de les entendre. Elle découvre que cette liberté dont elle rêvait depuis si longtemps n'est pas si facile à prendre.

Nous gagnons la porte-fenêtre qui donne sur les jardins. L'extérieur est faiblement éclairé par quelques vasques et par la lune à moitié pleine. Nous nous arrêtons devant les parterres fleuris. Nos cœurs ne trouvent pas leurs mots, alors ce sont nos lèvres qui le font. Notre baiser a le goût du bonheur immédiat.

Quand nous nous séparons, nous remarquons trois silhouettes qui nous dévisagent. Les coqs sont de retour. Leur expression ne laisse aucun doute quant à leurs intentions. Ils sont venus venger leur orgueil blessé.

Scène 6

L'homme qui a cherché à me tourner en ridicule s'adresse de nouveau à moi.

– À l'opéra on fait peut-être fi de la politesse, Mademoiselle Maupin, mais au Palais-Royal, il n'en est rien.

– Je ne pense pas vous avoir manqué de respect.

– Nous étions là les premiers. Vous auriez dû attendre votre tour avant de faire votre cour.

La marquise s'avance pour lui répondre.

– Monsieur, je ne suis pas une marchandise dont vous pouvez librement disposer. Il n'est nulle question d'un ordre d'arrivée. Moi seule choisis à qui donner mon bras.

L'homme serre la mâchoire, vexé d'être rabroué de la sorte. Il saura la prochaine fois qu'on ne prend pas la défense d'une personne sans son consentement. Il fait à peine pivoter la tête vers elle et ne s'incline pas.

– Mes excuses, madame, si je vous ai offensé. Veuillez cependant rester en dehors de ce différend qui ne vous concerne pas.

L'homme est doublement enragé : que quelqu'un ait osé séduire cette marquise qu'il estimait être la sienne – et que ce soit une femme qui lui ait fait cette injure.

– Mademoiselle Maupin, nous vous demandons réparation.

–Vous vous donnez à présent du « nous », comme le roi ?

– Non, je dis « nous », car nous sommes trois.

Ses deux camarades viennent se placer de part et d'autre de lui. Ils cherchent à m'intimider par leur nombre, la main sur la garde de leurs épées.

– Acceptez-vous le duel, Mademoiselle Maupin ? Il serait plus prudent d'y renoncer. Une femme contre trois hommes ne peut pas l'emporter.

–Vous oubliez qu'une once d'or vaut plus que trois de crottin.

Ils tirent aussitôt leurs rapières. Je fais de même pendant qu'ils se placent en demi-cercle devant moi. La marquise va rejoindre les courtisans qui s'agglutinent autour de nous comme des mouches autour d'un pot de confiture.

Je me décale de façon à avoir la lumière de la salle dans le dos. Mes adversaires plissent instantanément les yeux pour distinguer ma silhouette à contre-jour. Ils sont si confiants que seul l'un d'entre eux s'avance vers moi, pointe en avant. Je ne lui laisse pas l'initiative.

Et de un, dans le bras, vous voilà entaillé.
Vous devrez quelque temps devenir un gaucher.

Il presse la main sur sa plaie, puis s'écarte pour céder la place à l'un de ses compagnons. Le nouveau venu est à peine meilleur combattant. Je passe sa garde sans mal.

Et de deux, dans le pied, vous voilà estropié.
Il faudra à ce bal renoncer à danser.

L'homme s'en va en boitillant pendant que la foule applaudit. Le dernier à venir est le premier à m'avoir insultée. L'arrogance est inversement proportionnelle au courage.

Cette fois, mon troisième adversaire sait escrimer. Il bloque ma lame, et sa contre-attaque manque ma jambe de peu. Mais une fois encore, sa suffisance cause sa perte. Je dévie son nouvel assaut et riposte d'un coup à la tête.

Et de trois, sur la joue, vous voilà balafré.
Pour notre rencontre ne jamais oublier.

L'homme porte la main à son visage, mais son orgueil retient son cri. Il me regarde, haineux, à travers le sang qui dégouline de ses doigts. Des serviteurs viennent rapidement lui porter secours. Les applaudissements des spectateurs sont cette fois vite interrompus par l'arrivée de la garde. Je rengaine ma rapière quand un soldat s'approche de moi.

– Madame, si vous voulez bien me suivre…

Sans attendre ma réponse, il prend la direction de la porte-fenêtre. La foule se fend devant lui. Je pénètre à sa suite dans la galerie en feignant une assurance que je n'ai pas.

L'ambiance détendue a cédé la place à un silence de messe. Seul le claquement de mes bottines résonne dans la pièce. L'angoisse efface instantanément la joie de ma victoire et me serre le ventre. Les courtisans alignés en retrait le long des murs ont tous leurs yeux rivés sur moi.

Monsieur m'attend au centre de la salle. Il se tient bien droit, la main posée sur un bâton sculpté. Je m'immobilise devant lui. Il me domine d'une tête avec ses talons hauts et sa perruque plus imposante encore que celle du Diable.

– Je suis fort mécontent, Mademoiselle Maupin.

Je m'incline devant lui sans répondre, comme l'étiquette l'exige.

– On m'avait pourtant prévenu que vous étiez imprévisible. Quand je vous ai vue arriver aux côtés du marquis Légion de Vauvert, je pensais cependant que vous sauriez vous tenir le temps de cette réception. Je me suis trompé. Pire encore, vous m'avez manqué de respect en désobéissant aux lois que mon père lui-même a dictées. Je n'aurai aucune clémence pour vous, mademoiselle. Partez, maintenant, et affrontez votre destin.

Ma sentence ne fait aucun doute : ce sera la mort pour avoir défié le roi au sein même du palais. Je m'incline une seconde fois, puis je m'avance vers la porte en rassemblant toute la dignité qu'il me reste. J'aperçois Méphisto qui me partage un sourire qui se veut rassurant. Je continue à marcher, ignorant les murmures qui naissent derrière moi. Juste avant d'atteindre la sortie, une main me retient : c'est celle de la marquise de Florensac.

–Vous aurais-je à ce point déçue, Mademoiselle Maupin, que vous quittiez sans moi la place ?

– Nullement, madame. Je ne suis plus une personne au côté de laquelle il est bon d'être vue. Je ne voulais pas vous faire partager ma disgrâce.

– Je suis assez grande pour choisir seule ma place. J'ai

attendu trop longtemps cet instant pour qu'il se termine ainsi. Si vous partez, alors moi aussi. Je suis désolée que ma rencontre soit à l'origine de vos tourments.

–Vous n'êtes responsable que d'avoir provoqué un trop rare moment. Celui de se sentir vivantes à deux.

Elle prend une nouvelle fois mon bras pour franchir les derniers mètres qui nous séparent de la grande porte. Je reconnais sans peine celui qui nous attend dehors au pied de l'escalier. Le lieutenant général de police nous accueille en bas avec un sourire triomphant.

– Bonsoir, monsieur de La Reynie. Ne dormez-vous donc jamais ?

– Pour vous, je fais des exceptions. Je vous arrête, Mademoiselle Maupin. Je vous emmène.

– Non, vous n'emmènerez personne, lieutenant.

La Reynie et moi tournons simultanément nos visages vers la marquise.

– Mademoiselle Maupin m'accompagne ce soir. Demain, elle rentrera chez elle. Vous avez ma parole.

La Reynie refoule sa colère. Il désire m'arrêter tout de suite, mais il ne veut pas se brouiller avec la marquise, dont l'influence à la cour est grande.

– Fort bien. Mademoiselle Maupin, je vous donne rendez-vous à midi dans vos appartements à la Petite Écurie. J'espère vous y trouver à l'heure convenue.

– J'y serai, Monsieur de La Reynie.

– Alors je n'ai plus qu'à vous souhaiter une excellente soirée. Profitez-en bien : ce sera votre dernière.

Il s'écarte pour nous laisser passer. Nous montons dans

le carrosse de la marquise qui est déjà là. Je lui murmure un « merci » avant de l'embrasser, puis nous restons toutes les deux silencieuses jusqu'à ce que nous arrivions à son hôtel particulier. Nous gagnons sa chambre où nous attend l'amour. Après l'enfer de ma condamnation, me voilà plongée au paradis jusqu'à l'aube.

Scène 7

– Ce fut une belle nuit.

La marquise est assise en robe de chambre sur les draps défaits. Elle me regarde me rhabiller à côté de la fenêtre. Les rayons de lumière qui filtrent à travers les battants entrouverts éclairent son visage aux yeux cernés.

– Le soleil est maintenant bien levé.

Une façon élégante de signifier que notre séparation est imminente. La marquise se redresse pour me rejoindre et effleurer ma pommette de sa main. Ce contact ravive le souvenir de nos étreintes.

– Pourquoi faut-il déjà nous quitter alors que nous venons à peine de nous rencontrer, Julie ?

– Je ne sais pas.

Je me rends compte que des larmes coulent sur mes joues. Et que j'ai peur. Pourtant, je ne regrette aucun des choix qui m'ont conduite ici. Je sais que je suis condamnée alors que mes trois adversaires de duel vont, eux, être épargnés. Peu importe que le monde soit injuste. Je l'arpenterai jusqu'à mon dernier souffle sans courber le dos devant lui.

Nous nous étreignons une ultime fois. La prochaine amante qui me prendra dans ses bras sera la mort elle-même.

Nous nous embrassons doucement. J'ai retrouvé mon sourire quand nous nous écartons l'une de l'autre.

– Adieu.

– Attends, Julie.

Je m'immobilise. C'est au tour du visage de la marquise d'être inondé de larmes.

– Il me faut te rendre une dernière chose.

Elle frôle de ses lèvres le bout de ses doigts pour me renvoyer ce baiser que je lui ai offert depuis la scène. Il retombe sur mon cœur qui se met à battre plus vite.

– Que ne puis-je transformer mon adieu en un simple au revoir, madame.

Je la quitte sans me retourner, car j'ai peur de voir disparaître le courage éphémère qui m'anime si je repose les yeux sur elle. Quand je me retrouve dans les rues de Paris, les bruits de la ville me sortent définitivement du rêve dans lequel j'étais encore plongée. Voici venu le temps de mes derniers instants.

Je décide de marcher un peu avant de héler un cocher. Je repasse devant la salle d'armes où j'ai rencontré Séranne. Je m'arrête un moment à l'Académie royale de musique, où Gabriel doit répéter son prochain opéra en ce moment même. Je jette un regard amusé aux Bons Enfants. C'est bien la première fois que je m'y rends alors que l'établissement est encore fermé. Je repense à toutes mes soirées en compagnie de Méphisto. Et de Joseph.

Je me résigne enfin à prendre un carrosse. Je ne voudrais pas être en retard à mon ultime rendez-vous avec La Reynie. Le voyage, si pénible d'habitude, ne semble durer que quelques minutes aujourd'hui. L'attelage approche de la Petite

Écurie où je revois un instant le visage de mon père. Me voilà arrivée au bout du chemin.

Midi est bientôt là quand je rentre dans mes appartements. J'échange ma tenue de soirée contre celle de bretteuse, plus confortable. J'ai hésité à passer une robe avant de renoncer. Je ne veux pas que l'on réduise Mademoiselle Maupin à une cantatrice d'opéra, mais que l'on se souvienne d'elle comme d'une femme qui s'est taillé une place dans la vie, la rapière à la main.

Mon regard tombe sur la sacoche que j'avais préparée pour mon voyage à Bruxelles. Elle m'accompagnera finalement dans les geôles de la Conciergerie. Un sourire me gagne quand je me demande si La Reynie sera mesquin au point de me donner la cellule où Joseph fut enfermé.

Je suis prête quand on frappe à l'entrée. J'attendais mon destin, mais c'est le Diable qui franchit ma porte.

– Bonjour, Julie.

Je lui rends son salut. Il vient prendre place en face de moi, à la table où je suis assise.

– Cette fois, c'est bien la fin de mon opéra, Méphisto.

– En êtes-vous si certaine ?

– Allons ! Vous savez que le comte d'Armagnac lui-même n'y peut plus rien changer.

– Le comte, peut-être pas…

Le Diable sort de sa poche le contrat qu'il présente face à moi. Je soupire, à demi amusée.

– Jusqu'à la dernière seconde, vous aurez essayé de me convaincre, Méphisto. J'ai tant de fois refusé. Pourquoi accepterais-je aujourd'hui ?

– Parce que c'est maintenant plus que jamais que vous en

avez besoin. Réfléchissez, Julie. Aucune intervention divine ne vous sauvera, mais moi, je le peux. Pourquoi périr alors que vous pourriez vivre encore tant d'années ?

Je suis sensible pour la première fois à sa tentation. Est-ce un prix si cher payé pour que je puisse jouir de ma liberté ? Et de la marquise ? J'ai devant mes yeux un moyen de changer notre adieu en un au revoir.

Méphisto perçoit mon hésitation. Il retire alors une aiguille plantée dans la doublure de sa veste pour la déposer devant moi. Je la prends, l'observe quelques secondes, puis me pique l'index avec. Une goutte vient perler à son bout.

Tout à coup, des coups ébranlent la porte.

– Ne tardez plus, Julie. Signez !

J'observe le papier déroulé devant mes yeux. J'immobilise la main au-dessus de mon nom. Je la retire finalement et porte mon doigt à la bouche pour en nettoyer le sang.

– Merci, Méphisto, mais je veux mourir comme j'ai vécu. Par moi-même.

Déçu mais souriant, le Diable fait disparaître le contrat dans sa manche. Je vais enfin ouvrir la porte pour laisser entrer La Reynie.

– La première fois que je suis venu ici, c'était pour quelqu'un d'autre que vous, Mademoiselle Maupin.

– Cessez là votre petit jeu, lieutenant, maintenant que vous avez gagné. Arrêtez-moi et finissons-en.

Avant de me répondre, il prend le temps de saluer le Diable, puis d'inspecter les lieux du regard.

– Savez-vous que j'ai eu ce matin la visite du roi lui-même, Mademoiselle Maupin ?

Je relève la tête, intriguée. La Reynie avance de quelques pas dans mes appartements.

–Votre aventure est arrivée jusqu'à lui. Il tenait à s'assurer auprès de moi que l'affaire était vraie. Je lui ai fait un compte rendu détaillé de votre soirée.

Il s'immobilise devant l'un de mes tableaux, feignant de s'y intéresser.

– Le roi voulait connaître mes intentions. Je lui ai répondu que j'allais, comme il se doit, appliquer l'édit qui punit de décapitation les hommes qui se battent en duel pour de prétendues questions d'honneur. Le roi m'a félicité pour ma rigueur. Puis savez-vous ce qu'il m'a demandé, Mademoiselle Maupin ?

Il détourne brutalement les yeux de la peinture pour les poser sur moi.

– « Que dit-on des femmes dans ce texte, monsieur de La Reynie ? » Telle fut sa question. Je lui ai répondu qu'elles n'étaient pas mentionnées. «Alors, dit le roi, c'est que cet édit ne s'applique pas à elles.»

Je suis aussi immobile qu'une statue, ne réalisant pas encore pleinement ce que ces révélations impliquent. Le lieutenant revient se planter devant moi.

–Vous avez la loi et le roi avec vous, Mademoiselle Maupin. Vous êtes libre.

Je suis sidérée, incapable de bouger.

–Vous avez été graciée deux fois. Je vous conseille de ne pas pousser votre chance jusqu'à une troisième. Au revoir.

Le lieutenant s'en va en claquant la porte. Incrédule, je dévisage le Diable plusieurs secondes en silence avant de laisser éclater ma joie.

– Libre ! Je suis libre, Méphisto !

– Pff… Encore un coup de théâtre. Excusez-moi de vous le dire, Julie, mais la pièce de votre vie commence à tourner au ridicule. Une damnation aurait été une bien plus belle fin.

– Celle-ci me convient mieux.

– Allons-nous fêter cela aux Bons Enfants ?

– Non. Je pars pour Bruxelles dans l'instant.

– Pourquoi si vite ? Nul besoin de fuir. Vous n'êtes plus pressée.

– Je ne veux pas prendre le risque que le roi change soudain d'avis. Je dois me faire oublier loin d'ici.

Puis, quand assez de temps sera passé, je retrouverai Paris et les bras de la marquise de Florensac.

– Désolée, Méphisto, cette fois, je voyagerai sans vous.

– Nos chemins se séparent donc. M'accorderez-vous au moins une dernière faveur ?

– Quelle est-elle ?

– Ma revanche pour notre premier combat.

– Maintenant ?

– Oui, ici même, sur le toit de la Petite Écurie.

– Faire un duel en face du château de Versailles, comme un pied de nez à La Reynie ? Mais qu'attendons-nous, Méphisto ?

Scène 8

Nous empruntons les escaliers pour monter jusqu'au sommet du bâtiment principal de la Petite Écurie. Le toit y est plat et solide, mais sans aucune rambarde. Je m'allège de ma sacoche avant de dégainer. Nous nous plaçons tous les deux en garde ordinaire, rapière en tierce et pied gauche en avant. Méphisto amorce le combat avec un *mandritto* de droite à gauche qui vise ma tête.

Avez-vous souvenir du temps passé ici
À parler vous et moi comme deux bons amis ?

Je fais pivoter mon poignet en quarte pour parer de la pointe en dehors des armes avant de pousser à mon tour.

Je n'ai pas oublié, et me souviens aussi
De la belle défaite que je vous ai servie.

Mon estocade échoue. Je recule, mais pas assez vite, car Méphisto riposte avec une *cavation,* bras tendu.

Vous avez essayé de me faire chuter.
Mais c'est moi, cette fois, qui vous ferai glisser !

Je n'ai en effet pas d'autre solution que de faire un pas de côté vers le vide pour éviter de me faire embrocher le ventre. Je contre-dégage à mon tour avec une attaque en quarte.

Vous parlez en expert car vous êtes tombé.
Moi je reste debout et m'apprête à gagner.

Je comprends trop tard mon erreur quand je vois Méphisto, souriant, qui rabat de sa main gauche le fort de ma lame tout en me portant une *punta riversa.*

La belle conclusion à toutes nos tirades
Que de les terminer par une flanconade !

La pointe de sa lame appuie sur mes côtes, sous mon bras droit.

– À moi la victoire, Julie. Rengainez votre rapière, je vous prie.

Je m'exécute en prenant soin de faire des gestes lents.

– Mes félicitations, Méphisto. Qu'attendez-vous, maintenant ? Mes applaudissements ?

– Non. Juste votre signature.

Il me tend alors son satané bout de papier.

–Voilà qui s'appelle profiter de la situation – et être mauvais gagnant.

– C'est ce que le barbu disait aussi quand je remportais

une partie contre lui. Il m'a chassé du ciel parce que je m'en suis trop vanté. Ma rébellion est une pure invention. Je vous l'ai déjà expliqué, Julie, l'histoire est écrite par les vainqueurs.

– Mais ce sont les perdants qui signent.

Je cherche une échappatoire entre la lame de Méphisto d'un côté et le vide de l'autre. J'aperçois alors du coin de l'œil une calèche qui tourne à l'angle du bâtiment.

– Allez, Julie, apposez donc votre griffe.

– Je croyais que, pour devenir une véritable diablesse, il me fallait d'abord tomber…

J'entends la calèche qui se rapproche en contrebas.

– … aussi, je m'en vais essayer.

Je recule d'un pas et glisse sur les tuiles pentues. Je me couche dessus pour ralentir ma chute et bascule dans le vide pile au moment où le carrosse passe en dessous. Je tombe lourdement sur son toit, rebondis en l'air en faisant un tour complet sur moi-même avant de finalement m'affaler sans grâce face contre terre. La cochère, paniquée, stoppe son attelage pour venir m'aider à me relever.

– Madame, vous n'avez rien ?

– Si, de la chance, car je n'ai rien de cassé.

Je claudique jusqu'à mon couvre-chef pour le ramasser. Je redresse la tête vers le Diable. Il me fait une révérence, l'épée à la main, depuis le bord du toit. Il attrape ensuite mon sac pour le laisser tomber à mes pieds.

– Bon voyage, Julie ! Qui sait, nos chemins se recroiseront peut-être ?

Je le salue à mon tour en lui tirant mon chapeau. Puis je

ramasse mes affaires et rejoins la cochère, qui m'observe avec des yeux exorbités.

–Votre calèche est-elle disponible ?

– Oui, madame.

– Eh bien, elle ne l'est plus.

Je grimpe à l'intérieur pendant qu'elle reprend sa place sur la banquette avant.

– Où allons-nous ?

– À Bruxelles.

– Mais je ne peux partir aussi loin !

– Alors emmenez-moi au relais de poste, à la sortie de la ville.

D'un mouvement sec des rênes, elle lance les chevaux.

– Je me rends compte que je ne vous ai pas encore donné mon nom. Retenez-le bien, je vous prie, car il serait dommage qu'il finisse dans l'oubli. Je suis Julie d'Aubigny, Mademoiselle Maupin de l'opéra.

Épilogue

Pour soigner mon cœur, il me faut un docteur.

Méphistophélès

Le veau d'or est toujours debout* !

Bruxelles, opéra du Quai au Foin. Janvier 1696

Méphistophélès

Merci à vous, monsieur, de me laisser monter
À bord de votre coche. Vous m'en voyez flatté.
Méphisto – c'est mon nom – est votre débiteur.

* Gounod, *Faust*, acte II, scène 3.

Docteur

Je vous en prie, jeune homme, appelez-moi docteur.
Avant l'annulation, étiez-vous, comme moi,
Venu voir la Maupin jouer à l'opéra ?

Méphistophélès

C'est en effet pour ça que j'étais à Bruxelles,
Car, je dois l'avouer, je connais la donzelle.

Docteur

Saurez-vous donc me dire si les bruits que j'entends
Sont véridiques ou non : tout le monde prétend
Qu'elle est la maîtresse du prince de Bavière ?

Méphistophélès

Vous arrivez trop tard. La rumeur est d'hier.
Le prince l'a quittée il y a quatre jours
Pour une duchesse dont il est en amour.
Connaissant la Maupin, sa nature emportée,
Le prince a cru bien faire en voulant l'acheter.
Il donne à la Maupin quarante mille francs
Pour qu'elle taise l'affaire et parte dans l'instant.

Docteur

Il n'a rien d'un prince mais tout d'un impudent,
Cet homme est un goujat !

MÉPHISTOPHÉLÈS

Et un bel imprudent.
La Maupin répondit en lui jetant en face
Et son mépris hautain, et toutes ses liasses,
Puis quitta la Belgique en faisant un esclandre.
Voilà pourquoi ce soir nous ne pourrons l'entendre.
Elle est partie tantôt pour rejoindre l'Espagne.

DOCTEUR

Je rentre pour ma part dans ma belle Allemagne.
J'habite Wittenberg, une ville magique.

MÉPHISTOPHÉLÈS

Je vous le dis, docteur, vous m'êtes sympathique.
Je serais enchanté de vous accompagner.

DOCTEUR

C'est avec grand plaisir.

MÉPHISTOPHÉLÈS

Pour vous remercier
J'ai sur moi un contrat que je veux vous montrer.
Croyez-moi, docteur Faust : il pourrait vous tenter…

Fin

... ET TOUTES POUR UNE !

En 1696, Julie Maupin arrive en Espagne, où elle passe deux années à San Sebastián puis à Madrid. Elle ne trouve pas de place comme chanteuse et devient la femme de chambre de la comtesse Marino.

En 1698, elle revient à Paris. Elle réintègre l'opéra, où elle remplace Marie Le Rochois qui a pris sa retraite. Julie Maupin connaît plusieurs années de succès.

Si dans mon roman je fais rencontrer Julie Maupin et la marquise de Florensac dès 1695, ce n'est qu'en 1703 qu'elles se rencontreront véritablement et tomberont amoureuses. Julie Maupin partagera alors sa vie avec la marquise jusqu'à la mort de cette dernière, emportée par la maladie en 1705.

Julie Maupin s'éteindra à son tour en novembre 1707.

Quelques précisions

Julie Maupin a bien suivi les cours de l'école des pages de la Petite Écurie de Versailles, où Liancourt, auteur du fameux traité d'escrime *L'exercice de l'épée seule dans sa perfection*, était alors maître d'armes.

Elle s'est bien arrangée pour que son époux soit envoyé en province peu après leur mariage, alors qu'elle restait à Paris. Cependant, l'endroit exact de la mutation de monsieur Maupin n'est pas mentionné. Mon choix de Limoges est purement arbitraire (et un clin d'œil à une de mes relectrices). Monsieur Maupin reviendra à Paris, où il reverra Julie à la fin de sa vie.

Julie Maupin aurait bien montré ses seins au cours d'un spectacle d'auberge pour prouver qu'elle était une femme.

Elle s'est bien fait passer pour une nonne afin de rejoindre son amante dans un couvent en Avignon, avant de mettre le feu à une cellule pour s'en échapper.

Elle a bien été condamnée à mort, puis graciée deux fois.

Son *beau dragon*, le comte d'Albert, a bien participé au siège de Nevers, mais il n'y est pas mort. Il recroisera Julie Maupin une troisième fois (et deviendra une nouvelle fois encore son amant) quand celle-ci reviendra à Paris après son séjour en Espagne.

Si Julie Maupin a effectivement interprété tous les rôles que je lui attribue dans le roman, les dates sont parfois inexactes. On ne sait pas dans quels opéras elle a joué à Marseille et au cours de son premier séjour à Paris, aussi j'ai pris des rôles qu'elle a tenus à la fin de sa carrière et dont la liste est, elle, connue.

Enfin, on ne saura jamais si le Diable mentait ou pas concernant le contenu des manuscrits de la mer Morte. Si ces textes apocryphes ont bien été retrouvés, leur état et leur incomplétude n'ont pas permis de les reconstituer intégralement.

Annexe

Une lettre de Mademoiselle Maupin

Au cours de mes recherches sur Julie d'Aubigny, j'ai découvert une des lettres sous forme de poème qu'elle avait adressée au comte d'Albert, ainsi que la réponse que ce dernier lui avait faite.

Je vous les propose en annexe afin de vous offrir à lire et à entendre les mots écrits par la main même de Mademoiselle Maupin.

Lettre-poème de Mademoiselle Maupin
à Monsieur le Comte d'Albert *

Voudras-tu, cher amant, parmi le bruit des armes
Entendre le récit de mes vives alarmes ;
Et quand Mars dans ton sein allume ses fureurs,
Tes yeux daigneront-ils voir une amante en pleurs ?
Quel trouble, quel effroi de tout mon cœur s'empare !

* DANCHET, *Œuvres*, 1751. Tome IV, p. 54.

Il court un bruit confus qu'un combat se prépare ;
Que Bade vainement songe à se retrancher ;
Qu'au milieu de ses forts Villars va le chercher.
Bruit cruel ! chaque mot m'épouvante et me glace !
Le Ciel me feroit-il pressentir ma disgrâce ?
Ah ! je sais que pour toi la gloire a trop d'appas,
Que l'honneur au péril précipite tes pas.
Pour un guerrier, tes yeux ont reçu trop de charmes ;
Pour un amant, ton cœur aime trop les alarmes.
Le Ciel devoit du moins te rendre, en te formant,
Ou moins vaillant guerrier, ou moins aimable amant.
De mon sexe timide ignorant la faiblesse,
Je suis faite aux périls, ainsi qu'à la tendresse.
Que ne m'est-il permis de voler après toi ?
Si je suivois tes pas, je n'aurois nul effroi :
J'irois braver la mort et serois toujours prête
De m'exposer aux coups qui menacent ta tête :
Ta jeunesse, tes traits, ce teint vif, ces appas,
Ces cheveux qu'Apollon ne désavouerait pas,
Dans l'empire amoureux inévitables charmes,
Pour toi, dans les combats, sont d'inutiles armes.
Un homicide plomb, avec impunité,
Frappe sans respecter l'âge, ni la beauté.
Adonis, comme toi, fut autrefois aimable ;
Pour toi, je crains hélas ! son destin déplorable.
Vénus entre ses bras lui vit perdre le jour ;
Je n'ai point ses attraits, mais j'ai tout son amour.
Mère des plaisirs ! favorable déesse !
Toi que suivent toujours les ris et la jeunesse,

Je t'implore aujourd'hui. Si d'une tendre voix
J'ai quelquefois chanté la douceur de tes loix ;
Si j'ai vanté ton fils, ses traits et son empire,
Et porté dans les cœurs les flammes qu'il inspire,
Vole, descends des Cieux : sers-toi de ces regards
Qui savent, quand tu veux, désarmer le dieu Mars.
Obtiens qu'à mon amour il ne soit pas funeste.
Mais, que dis-je, insensée ? et quel espoir me reste ?
En voyant cet objet de mes vœux les plus doux,
Tu serois ma rivale et Mars serait jaloux.
Parmi tant de frayeurs, c'est toi seul que j'implore,
Cher amant, souviens-toi que mon âme t'adore ;
Que tu dois de mes pleurs faire cesser le cours ;
Qu'en exposant ta vie, il y va de mes jours.

Réponse de Monsieur le Comte d'Albert
à Mademoiselle Maupin

Que j'aime à vous trouver ces tendres sentimens
Qu'on croyoit reléguez au pays des Romans !
J'admire vos transports, et j'en suis idolâtre,
Vos mains sur le papier versent tout le théâtre.
Mon cœur, en vous lisant, ne peut se contenir :
Si je ne suis amant, je vais le devenir,
Et peindre à l'Univers avec quel avantage
Un amour bien placé forme un jeune courage.
Que la galanterie avec difficulté
En France est parvenue à sa maturité !

Nos pères prévenus par de fausses maximes,
Regardoient ces ardeurs comme les plus grands crimes ;
Par un aveuglement qu'on ne peut trop blâmer,
Des plus légers talens se laissoient enflammer :
L'un, de la qualité se faisoit une idole,
Un autre étoit épris d'une vertu frivole ;
L'un se laissoit charmer par sa simplicité,
L'autre par le courage et la fidélité ;
Et jamais cet amour qui séduisoit leur âme,
Ne trouvoit tous les dons dans l'objet de sa flamme :
Mais dans un même objet nous trouvons tour à tour
Tout ce qui fait éclore et subsister l'amour.
Ainsi tantôt en vous j'adore la Déesse,
Je brûle pour la Reine et pour l'Enchanteresse ;
Mon cœur à la bergère offre de tendres vœux :
Déguisemens nouveaux renouvellent mes feux.
Je vous trouve attendrie et puis inexorable ;
Inconstante, fidèle et partout adorable ;
Et de votre beauté le charme renaissant
Redonne de la force à l'amour languissant,
Mais de tous les attraits dont vous êtes pourvue,
Dont vous charmez l'esprit, dont vous frappez la vue,
Sous l'héroïque habit, dans le déshabillé,
À mon cœur plein de vous aucun n'a tant brillé
Que cette noble ardeur, cette offre peu commune
De me suivre à la guerre et courir ma fortune.

Remerciements

Merci à Loïc Théret et à Véronique Haïtse de m'avoir accompagné et d'avoir travaillé avec moi sur ce projet.

Merci à mes deux relectrices, Florence et Marie.

Merci à Betty Piccioli d'avoir été sur ce roman ma lectrice en sensibilité.

Merci à Catherine Loiseau d'avoir corrigé mon texte avec son regard de spécialiste de l'escrime de la Renaissance.

Merci à Mayalen Goust pour la couverture de l'ouvrage.

Merci à Silke Zimmermann et à Isabelle Raffner pour la relecture.

Bibliographie sélective

Ouvrages

CAMPARDON (Émile), *L'Académie royale de musique au XVIIIe siècle*, Berger-Levrault et Cie Éditeur, 1883, 416 p.

DE LIANCOURT (André Vernesson), *Le Maître d'armes ou l'Exercice de l'épée seule dans sa perfection*, Les impressions de jeux d'épée, 2011, 126 p.

FÉTIS (F.-J.), *Biographie universelle des musiciens et bibliographie générale de la musique*. T. 1, Librairie de Firmin Didot frères, fils et Cie, 1866-1868, 520 p.

LETAINTURIER-FRADIN (Gabriel), *La Maupin (1670-1707), sa vie, son œuvre, ses duels, ses aventures.* ULAN press, 2012, 346 p.

Articles

CASSAN (Michel), « Coutelle Antoine, *Poitiers au XVIIe siècle. Les pratiques culturelles d'une élite urbaine* », *Annales de Bretagne et des Pays de l'Ouest*, 2015.

Sites internet

Catherine Loiseau, « L'escrime pour les écrivains ».
Château de Versailles, « Les Écuries royales, La Galerie des Carrosses ».
FFAMHE, Fédération des arts martiaux historiques européens.
Hélène Clerc-Murgier, « Paris au XVIIe siècle ».
La mode habille l'Histoire, « Louis XIV, 1643-1715) ».
Mademoiselle Maupin sur le site eldacur.com
Metronimo.
Wikipédia, l'encyclopédie libre. « Gabriel Nicolas de La Reynie », et « Mademoiselle de Maupin ».

Cet ouvrage a été achevé d'imprimer
sur Roto-Page
par l'Imprimerie Floch à Mayenne
en octobre 2021

N° d'impression : 99180
Imprimé en France